U0682500

2018年度佛山市原创文艺扶持作品

佛山名胜古村楹联说

谭峰/编著

中国出版集团
研究出版社

乐居佛山 顺祖宏德 有绥北西江汇流 世拥三水

素面南海 禅霖古城 多理道儒教潜化 长就高明

——谭峰 撰

目　录

江山留胜迹　往事成今鉴

《佛山名胜古村楹联说》序

著名作家毕淑敏在北京某高校讲学时曾经说过："生命本身是没有意义的，但我们要努力为生命创造积极的意义！"

了解谭峰最近从事的一项系统考证编著过程，我忽然间想起了毕淑敏的这句话。

谭峰原籍广西，1994年调入江门，1997年转到佛山，2014年8月从中学语文高级教师的岗位上退下来。在即将退休之际，他就为将来的退休生活做了一个大胆的规划——跑遍佛山五区重点名胜古迹、重要景点和祠堂庙宇，搜集楹联、匾额，加以注释整理成书，为佛山厚重的历史文化贡献一分微力。

于是，从2014年开始，他就启动了这项工程，直至2017年初。在两年多的时间里，他跑遍了佛山五区30多个重要景点及古村，用手抄笔录的方式做文字记录。联系出版时，出版社要求必须附有自主版权的图片加以对照。这样一来，又要再跑一次，加上访问当地有关部门及做"田野调查"、请教当地长者等，这30几个地方至少让他跑了两次以上，最多的达到了4至5次。两年多时间里，他的总行程达数千公里，才将收集原始材料的工作告一段落。

接下来开展案头工作，查资料，收集相关信息。这些楹联、匾额上的字，大多是繁体字，其中更有不少异体字、不规范字等，是字典、词典没有记载的。为了解决这些"拦路虎"，他虚心向有关专家学者请教。

从 2017 年初开始，经过数月的伏案工作，一份图文并茂、长达十余万字的书稿宣告杀青。

这本书的框架大致是：先介绍佛山及各区概况，然后介绍景点所在村镇的情况，以及该景点（建筑物）的历史沿革，最后对楹联、匾额进行诠释，包括所涉及的历史名人、历史典故等。

这本书的价值在于：首先，从一个侧面，对佛山厚重的历史文化来一个补充，具有宝贵的资料性。其次，通过照片，可以见到该景点及历史建筑的原貌，欣赏到风格各异的书法手迹，领略到历代文人的楹联、诗词造诣。再次，本书以一种历史传承的形式，为后来人及广大青少年了解和研究佛山历史文化提供了第一手资料。

中华文化博大精深、源远流长，我们有责任继承、保护好，并在此基础上再加以发扬光大。谭峰在退休之后，不去坐享清福，而是自找苦吃，用一种永不言弃的精神，为佛山的历史文化传承做了一件有益的工作，这种精神是可敬的。

如果要用一句话去评价他的这一行动和工作成果，我想最恰当的莫过于：

在退休之年，努力为生命创造积极的意义。

是为序。

何百源

2017 年 11 月 13 日

（何百源，中国作家协会会员、国家二级作家、《佛山艺术》主编、佛山市非物质文化遗产保护专家委员会委员）

写在前面的话

朋友：

你想了解广东佛山市及该市五区的昔日与今朝吗？

你想了解佛山市五区重点名胜古迹（古村）神奇的历史和名人故事吗？

你想了解佛山市那林林总总、奇妙多趣的古今楹联作品吗？

那么，这本《佛山名胜古村楹联说》也许能够满足你的愿望和要求。

本书在实地考察和游览景点、古村的基础上，收录了佛山市30余处（个）重点名胜古迹（古村）300余副楹联，涵盖佛山市禅城、南海、顺德、三水、高明五区。

佛山市重点名胜古迹和文化古村共分三类：第一类是风景名胜类，如南海的西樵山、千灯湖、三水荷花世界和森林公园、顺德顺峰山公园和西山公园等；第二类是故居旧宅类，如禅城的梁园、顺德清晖园、南海丹灶康有为故居和九江吴家大院等；第三类是古庙寺院类，如禅城祖庙和仁寿寺、南海西樵的宝峰寺和黄岐龙母庙、顺德宝林寺和西山庙、三水庐苞祖庙和高明杨梅观音寺等。至于文化古村，多为佛山市首批文化古村中的宗祠、书院和古门牌坊等。

从佛山名胜古村楹联的内容和表现手法上看，佛山市重点名胜古迹和古村楹联大致有以下几种：一是对主体事物的描摹议论。譬如南海九江吴家大院的"镬耳屋一踏三间坊乡尚存几许，洋广厦四平八稳梓里兴盛多时"等。二是对帝王仙佛的赞美。例如禅城区祖庙的"逞披发仗剑威风仙佛焉矣耳，有降龙伏虎手段龟蛇云乎哉"等。三是对先辈英雄的歌颂。例如禅城区祖庙黄飞鸿纪念馆的"御侮锄奸留典范，扶危济困见精神"等。四是主人理想信念的叙写表达。例如南风古灶林家厅的"紫燕归时巢尚暖，良骥伏枥志凌云"等。五是抒发联语作者对美好事物的追求与向往。例如顺德区西山庙的"愿天常生好人；愿人常行好事"等。

本书所选录的楹联，大都具备一定的思想性和艺术性，同时还强调了作品的简洁性和通俗性。对一些文意晦涩、字形冷僻且字数庸长的作品大都舍弃；对个别思想性较高、主题较鲜明但表现形式上有所欠缺的作品也收录书中。

本书所选作品绝大部分为实件物品，个别则为史料所载。在排序上，按佛山五区由中心区顺延至周边区，先主要景区后一般景区，先名胜古迹后文化古村。在具体的编排中，首先对某一名胜古迹（古村）作一简明介绍，再按先后顺序引列作品，最后作简明注解或评析。

本书名曰《佛山名胜古村楹联说》，其理由有三：1. 书中部分以图配文，以增强本书的可读和可阅性。2. 佛山楹联众多，取"名胜古村"，主要考虑篇幅所限。3. 取"名胜古村"主要考虑本书内容与佛山历史联系的紧密程度。

书中楹联的注释或解说，大多依据编写者自身知识水平与观点，部分依据史料并参考传说。

本书之"例说"难免简漏残缺。原因是：所录楹联大多为实件作品，或木竹，或（水）泥石，或纸帛，或（生）铁瓷（片），部分作品因时间久远或缺省不易辨识。所录楹联作品字体，有繁体简体，有行书楷书，有行草小篆，有常体异体，有古体今体，个别作品自身存在内容与书写缺憾，限于编写者水平，或有误读误解之处。

本书所有图片均为编写者 2017 年 10 月实地拍摄。

本书既可作为了解佛山市重点名胜古迹（古村）楹联文化的通俗读物，亦可作为佛山风景名胜与文化古村旅游指引或参考。

本书从景点考察、作品拍摄与抄录，到整理编撰、付印成书，稍显仓促。限于时间和编写者水平有限，错漏之处在所难免，还望读者朋友批评指正。

谭　峰

2017 年 10 月 23 日

佛山名胜及古村落

1. 禅城区祖庙（文见第 002 页）

2. 仁寿寺（文见第 014 页）

3. 梁园（文见第 018 页）

4. 南风古灶（文见第 025 页）

5. 南庄罗格孔家村（文见第 031 页）

6. 张槎莲塘村（文见第 035 页）

7. 南庄罗南隆庆村（文见第 040 页）

8. 南庄紫南村头村（文见第 044 页）

9. 南海区桂城千灯湖（文见第 052 页）

10. 西樵山（文见第 059 页）

11. 黄飞鸿狮艺武术纪念馆（文见第 075 页）

12. 西樵松塘村（文见第 078 页）

13. 西樵简村（文见第 083 页）

14. 西樵三多村（文见第 085 页）

15. 丹灶康有为故居（文见第 088 页）

16. 朱九江纪念堂（文见第 093 页）

17. 九江吴家大院（文见第 095 页）

18. 朱九江纪念公园（文见第 100 页）

19. 沙头崔氏大宗祠（文见第 103 页）

20. 黄岐龙母庙（文见第 104 页）

21. 里水汤南村（文见第 109 页）

22. 顺德区顺峰山公园（文见第 113 页）

23. 清晖园（文见第 122 页）

24. 宝林寺（文见第 134 页）

25. 西山庙（文见第 145 页）

26. 杏坛逢简村（文见第 152 页）

27. 北滘碧江金楼（文见第 156 页）

28. 三水区荷花世界（文见第 162 页）

29. 森林公园（文见第 168 页）

30. 芦苞祖庙（文见第 172 页）

31. 芦苞长岐村（文见第 178 页）

32. 白坭祠巷村（文见第 183 页）

33. 高明区杨梅观音寺（文见第 188 页）

34. 明城深水村（文见第 193 页）

35. 富湾陆家村（文见第 198 页）

楹联·佛山

楹联简介

　　伟大的中华民族历史悠久，有着极为丰富的文化遗产。这些文化遗产，都是历代人民辛勤创造的宝贵财富，是祖先们聪明和智慧的结晶。楹联就是其中独具风格的一种艺术，是祖国文化艺术园林中的一朵奇葩。它始于五代，盛于明清，迄今已有一千多年的历史。

　　早在秦汉以前，我国民间过年就有悬挂桃符的习俗。所谓桃符，即把传说中的降鬼大神"神荼"和"郁垒"的名字，分别书写在两块桃木板上，悬挂于门左右，以驱鬼压邪。这种习俗持续了一千多年，到了五代，人们才开始把联语题于桃木板上。据《宋史·蜀世家》记载，五代蜀后主孟昶"每岁除，命学士为词，题桃符，置寝门左右。末年（公元964年），学士幸寅逊撰词，昶以其非工，自命笔题云：'新年纳余庆，嘉节号长春。'"这便是我国最早出现的一副春联。宋代以后，民间新年悬挂春联已经相当普遍，王安石诗中"千门万户曈曈日，总把新桃换旧符"之句，就是当时盛况的真实写照。由于春联的出现与桃符有密切的关系，所以古人又称春联为"桃符"。

　　一直到了明代，人们才始用红纸代替桃木板，出现我们今天所见的春联。据《簪云楼杂话》记载：明太祖朱元璋定都金陵后，除夕前，曾命公卿士庶家门须加春联一副，并亲自微服出巡，挨门观赏取乐。尔后，文人学士无不把题联作对视为雅事。入清以后，楹联曾鼎盛一时，出现了不少脍炙人口的名联佳对。

　　随着各国文化交流的发展，楹联还传入越南、朝鲜、日本、新加坡等国。这些国家至今还保留着贴楹联的风俗。

　　楹联是由律诗的对偶句发展而来的，它保留着律诗的某些特点。古人把吟诗作对相提并论，这在一定程度上反映了两者之间的关系。

楹联分类有多种：

一是根据楹联的字数多少，可将其分成长联和短联。上下联皆由较多字数组成的楹联，称长联；上下联皆由较少字数组成的楹联，称短联。

二是根据楹联的句子多少及句子间的相互关系，可将其分成单句联、复句联和句群联三种。

三是根据楹联在对仗方面的格律要求和严谨程度，可将其分为宽对、工对、巧对、绝对等。所谓宽对，即格律要求比较宽松或有所变通、对仗不太工整的楹联或联句；所谓工对，亦称严对，即格律要求比较严谨、对仗工整的楹联或联句；所谓巧对，亦称妙对，即对仗颇为巧妙独特、或突出运用了某些特殊技巧的楹联或联句（如果同时比较工整的话，又可称工巧对）；所谓绝对，亦可称绝妙对，即对仗难度很高或者对仗浑然天成、因而难有其他对句可与出句相匹配或者与现有对句相媲美的楹联或联句。当然，宽对、工对、巧对、绝对之间，并无截然之界限。

四是根据上下联之间的内容对应关系，分为正对、反对、流水对。大多数楹联上下联之间的内容对应属于互相衬托的关系。这种衬托或者是从相同的角度互相映衬、互相补充（即所谓"正对"），或者是从相反的角度互相反衬、互相对照（即所谓"反对"），通俗地说，正对即上下联立意相近，反对即上下联立意相反。还有少数楹联上下联之间的内容对应属于互相衔接的关系（即所谓"流水对"，或称"串对"），也就是上下联两个分句共同构成一个复句，上下联存在一种连贯、递进、选择、转折、因果、假设、条件、目的等复合关系。

五是根据楹联的写作技巧或修辞手法，也可划分出嵌字联、回文联、谜语联、集句联、隐字联、押韵联等等。但严格说，应分别称之为嵌字格、回文格、谜语格、集句格、隐字格、押韵格等等。嵌字联有时又叫鹤顶格、燕颔格、鸢肩格、蜂腰格、鹤膝格、凫胫格、雁足格、魁斗格、云泥格、碎锦格、晦明格等，只是镶嵌的位置和方式不同而已。

六是按楹联所题的内容和对象等的不同，大体上可将其分成节令联、喜庆联、哀挽联、名胜联、行业联、题赠联、杂感联、学术联、趣巧联九大类。

其中，每一类又可分为若干子类。

不管何类楹联，使用何种形式，一般必须具备以下特点：

一、字数相等，断句一致。除有意空出某字的位置以达到某种效果外，上下联字数必须相同，不多不少。

二、平仄相合，音调和谐。传统习惯是"仄起平落"，即上联末句尾字用仄声，下联末句尾字用平声。

三、词性相对，位置相同。一般称为"虚对虚，实对实"，就是名词对名词、动词对动词、形容词对形容词、数量词对数量词、副词对副词，而且相对的词必须在相同的位置上。

四、内容相关，上下衔接。上下联的含义必须相互衔接，但又不能重复。

此外，张挂的楹联，传统做法还必须直写竖贴，自右而左，由上而下，不能颠倒。

关于佛山

佛山，简称禅，古称忠义乡、季华乡，"肇迹于晋，得名于唐"，是国家历史文化名城。据考证，佛山的历史起源于现禅城区澜石街道区域，距今约4500-5500年。佛山古称季华乡。东晋隆安二年（公元398年），罽宾国（现克什米尔）的三藏法师达毗耶舍带了二尊铜像来到季华乡，在塔坡岗上（即今塔坡街）建佛寺，传佛教。他回国后，随着时间推移，寺宇倒塌。

到唐朝时，这里又变成了一片岗地。根据碑文记载，唐贞观二年（公元628年）某日，塔坡岗上异彩四射，乡人奔走相告。于是人们便齐聚起来，在塔坡岗上发掘，竟掘出三尊铜佛，搬开佛像，便有一股清泉涌出。东晋曾有罽宾国僧人达毗耶舍，在此讲经及建过经堂。乡人于是建井取水，并在岗上重建塔坡庙寺，供奉三尊铜佛。人们认为这里是佛家之山，于是将季华乡改名为"佛山"。这就是佛山得名的由来。后来，世人传诵着这样一句谚语："未有佛山，先有塔坡"。

唐宋年间，佛山的手工业、商业和文化已十分繁荣。明清时，更是发展成商贾云集、工商业发达的岭南重镇，与湖北的汉口镇、江西的景德镇、河南的朱仙镇并称中国四大名镇；与北京、汉口、苏州并称天下"四大聚"，是陶瓷、纺织、铸造、医药四大行业鼎盛的南国名城。

明代正统年间，广东洪水为患，农田失收，朝廷赋税不减，终于酿成1449年爆发的黄萧养起义。景泰元年（1450）二月，明将董兴率军队至，黄萧养兵败被擒，起义失败，佛山城围立解。景泰二年（1451），皇帝论功赏赐，封冼灏通等二十二人为"忠义官"，建"忠义流芳祠"，佛山赐名"忠义乡"，祖庙敕封为"灵应祠"，永享春秋崇祀。

清末，佛山得风气之先，成为中国近代民族工业的发源地之一，先后诞生了中国第一家新式缫丝厂和第一家火柴厂，并建立了"南洋兄弟烟草公司竹嘴厂"。

佛山是广东省第三大城市，中国古代四大名镇之一，位于中国最具经济实力和发展活力之一的珠江三角洲中部，形成"广佛都市圈"。佛山是"广佛同城"、"广佛肇经济圈"、"珠三角经济圈"和"粤港澳大湾区"重要组成部分，2017年10月获"国家森林城市"称号，在广东省经济发展中处于领先行列。

佛山现辖禅城区、南海区、顺德区、高明区和三水区。全市总面积3848平方公里。2017年流动登记人口467万，其中户籍人口达370余万。佛山是著名侨乡，祖籍佛山的华侨和港澳台同胞达140万人，其中港澳同胞80多万人。

佛山河网密布，生态环境优美，是独具特色的岭南水乡。佛山祖庙、西樵山、南风古灶、清晖园、皂幕山、南国桃园、陈村花卉世界、三水荷花世界被评为"佛山新八景"。此外还有岭南天地（东华里）、康有为故居、顺峰山公园、宝林寺、芦苞祖庙、黄飞鸿纪念馆等文化景点。而散布在各区的文化古村更是不可胜数。

第一章　禅城区

禅城区是佛山市五个行政辖区之一，也是由禅城、桂城以及佛山新城组成的佛山市中心区"禅桂新"成员之一。位于广东省中部，珠江三角洲西北端；毗邻广州、深圳等珠江三角州多个著名城市，是广东第三大城市佛山的政治、经济以及科教文卫的"中心"。

禅城区的祖庙街道原名佛山镇，是中国古代四大名镇之一，也是天下四大聚，岭南文化发源地之一和国家历史文化名城，更是闻名的武术之乡、成药之乡、民间艺术之乡，密集地保存着8个历史文化街区。禅城是佛山市政治、金融、文化、交通、信息中心驻地，第三产业在禅城区高度发达。

佛山禅城，明清时期，是中国南方最大的商品集散中心，被列为全国"四大聚"（北京、佛山、苏州、汉口）之一。

2002年12月8日，撤销佛山市城区和石湾区，设立佛山市禅城区。以原佛山市城区、石湾区和原南海市南庄镇的行政区域为禅城区的行政区域，区人民政府在大福南路。

2003年1月8日禅城区正式挂牌。禅城区辖8个街道(升平、祖庙、永安、普君、同济、城门头、江湾、城南)、5个镇(澜石、石湾、张槎、环市、南庄)。截至2005年12月31日，禅城区辖8个街道(升平、祖庙、普君、石湾、城南、张槎、澜石、环市)、1个镇(南庄)。

2006年6月29日，禅城区对辖区街道行政区划进行调整。行政区划调整后，禅城区辖3个街道(祖庙、石湾、张槎)、1个镇(南庄)。

2007年4月，祖庙街道撤销永进、红强、燎原等8个社区，其行政区划分别并入永安、市东、祖庙等8个社区。

禅城区是粤剧发源地，岭南文化发源地之一，拥有被外国朋友誉为东方民间艺术之宫的名胜古迹"祖庙"、岭南四大名园之一的"梁园"和凝聚中华武术精髓的"黄飞鸿博物馆"、南风古灶、仁寿寺等名胜古迹，古村有张槎的莲塘、南庄紫南的村头村以及罗格孔家村等。

（一）祖庙

景点简介

据史料记载，广东境内有三座著名的祠庙，即佛山祖庙、德庆龙母祖庙和广州陈家祠。在广东的三大祠庙中，佛山祖庙的历史文化渊源最为久远。关于"佛山祖庙"的来历。有二说：

其一，佛山祖庙奉祀的是真武帝。据《佛山忠义乡志》记载："真武帝祠之始建不可考，或云，宋元丰时，历元至明，皆称祖堂，又称祖庙，以历岁久远，且为诸庙首也。"庙门一楹联云："廿七铺奉此为祖，亿万年唯我独尊"，它说明佛山一带的人奉北帝为祖，北帝庙就是佛山人的祖祠。

其二，因为宋元以后这里一直是佛山各宗祠公众议事的地方，成为联结各姓的纽带，所以佛山人习称它为祖庙。

楹联例说

祖庙内楹联颇多，留给人们的总体印象是"博大雄奇"。

1. 灵应祠

①凤形涌出三尊地　龙势生成一洞天

说到灵应祠这副楹联，这里不得不提起一个民间传说：

明朝进士李待问（南海人），热心公益事业，居乡期间所做好事不少，修通济桥，建文昌书院，筑赤冈塔等等，都有他一份功劳。据说万历三十二年（1604），正逢佛山祖庙重修，工程落成后，乡人请他写副楹联。李没有推辞，于是亲笔写下了"凤形涌出三尊地"的上联。但是正所谓对头容易对尾难，只见李待问在庙门前徘徊沉思，不断吟哦着"凤形涌出三尊地……"，

他搜肠刮肚，就是想不出下联。

"凤形涌出三尊地"的上联，从结构上看，"凤形"是动物类偏正结构的名词，"仄平"声韵；"三尊地"也是偏正结构的名词，但却是"平平仄"声韵。"四／三"节奏、"仄平平仄平平仄"的韵律，因此给下联的应对出了较大的难题。

这时，庙门不远处有一个补鞋匠正在给人补鞋，听见李待问苦思吟哦，便大着胆子对李待问说："李大人，可否用'龙势生成一洞天'对之？"李待问一听，觉得这个下联的"平仄平平仄仄平"正好与上联对得天衣无缝，他当即万分欢喜地说："对得好，对得好！"

为何李待问说这下联对得好呢？让我们再来看一下这副楹联的平仄对应情况吧：

凤形涌出三尊地
（仄平平仄平平仄）
龙势生成一洞天
（平仄平平仄仄平）

下联"洞天"是道教语，指神道居住的名山胜地。洞天就是地上的仙山，它包括十大洞天、三十六小洞天，构成道教地上仙境的主体部分，中国五岳则包括在洞天之内。洞天福地多系实指。历代道士多往其间建宫立观，精勤修行，留下不少人文景观、历史文物和神话传说。分而言之，"洞天"意谓山中有洞室通达上天，贯通诸山。东晋《道迹经》云："五岳及名山皆有洞室。"下联第三字虽用了平声韵，但楹联有一规定："一三五不论，二四六分明。"所以说，这下联还是对得非常工整的。从联语所描述的动物属性上看，凤属雌，龙属雄，雌雄相谐；从语气上看，上下连贯，一气呵成，流畅自然。

由是，李待问便亲手将这副楹联写好，吩咐石匠雕好后，嵌在祖庙大门口两侧。他又吩咐祖庙的管理人，从今以后，如果有补鞋匠来祖庙门口谋生，要给予优待，不得驱逐，也不许收摊位费。

现在祖庙灵应寺正门前，仍镌刻着这副楹联。

② 廿七铺奉此为祖 亿万年唯我独尊

"廿七"，指密教的二十七星宿之说，源于印度佛教，与中国道教的二十八星宿文化相似。此七字联采用 3 字 /4 字断句，节奏鲜明、音韵流畅；动词"为祖"与"独尊"，状写了北帝的至高无上，同时也突出了北帝在佛山人心目中至高无上的地位。

③ 禅山居南海之冲鲸鳄风清快睹龟蛇气肃
帝座仰北方之极旗幢采拥久传瓶镜光腾

《佑圣咒》称北帝是"太阴化生，水位之精。虚危上应，龟蛇合形。周行六合，威慑万灵"。因此，北帝属水，当能治水降火，解除水火之患。明代宫内建许多真武庙就为祈免水火之灾。北帝消灭龟精蟒妖于脚下的功劳又被元始天尊封其为玄天上帝。而北帝不仅仅统率所有水域的安全，他还是北极星的化身，可指引船只航行于正确方向，不会迷失于海上。

此联带有描绘作用，凸显了北帝移迁岭南、佛佑一方的神采。同时采用"2

字 /5 字 /4 字 /2 字 /4 字"结构，加上两个助词"之"的同字相对，读来跌宕起伏，抑扬顿挫。

④捍患御灾今古英灵不泯
褒功赐额春秋享祀无穷

"捍患御灾、褒功赐额"属联中自对，动宾词组的联合对应，使得联语更具简洁明快效果。

⑤逞披发仗剑威风仙佛焉矣耳
有降龙伏虎手段龟蛇云乎哉

北帝，全称北极镇天真武玄天上帝。两旁各有一个神像，左为司旗武尉，右为掌印文臣。传真武为净乐国太子，后在武当山修炼，得道飞升，威震北方。真武原指黄道圈上二十八宿中的北方七宿玄武，呈龟蛇形象，为星宿神。宋代玄武被人格化，成为道教大神，龟蛇亦变成真武手下两员大将。为避赵宋始祖赵玄朗之讳，改称真武。元世祖忽必烈营建大都、与南宋对抗时，传说西直门外有龟蛇显现，真武被尊为北方最高神，世祖下诏建庙祀真武。明代朱棣发动"靖难之变"向南京进攻时，传说真武曾显像助威。明成祖朱棣即位后，在武当山大力营建宫观，历时 7 年，真武信仰达到鼎盛，全国各地掀起修建真武庙的高潮。武当山亦成为全国各地真武庙的祖庭。在道教中认为每个方位都有相应的神守卫着，左为青龙、右为白虎、南为朱雀、北为玄武。因北方在五行中属水，故真武又是水神，有防止水灾之威力。玄武原是龟蛇的合像，人格化后形象为披发黑衣，脚踏龟蛇。

广州真武庙也有这副楹联。北宋元符三年(公元 1100 年)苏轼去海南儋州，路过广州，在真武庙看了道家所供奉的真武帝君，旁塑龟蛇，因为这是传说中的"北方之神，龟蛇合体"，故有感而发。

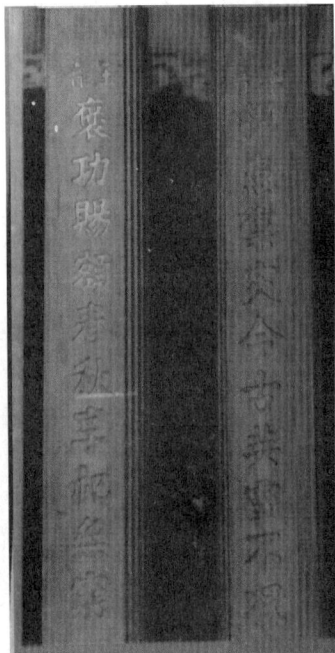

这副联为了突出谓语的描摹作用，句式上故意作了颠倒，被陈述的对象"仙佛"和"龟蛇"置于"逞""有"之后，"披发仗剑"与"降龙伏虎"都是联合结构的成语，属句中自对，上下联结尾共用了六个语气词，明显增强了对北帝的赞美歌颂语气。

2.庆真楼

庆真楼位于灵应寺之后，建于清嘉庆元年（1796年），是为供奉北帝圣父母（明真大帝、善圣皇后）的神殿。

① **太极本无极　玄天有上天**

北帝全称北方真武玄天上帝，也称北极玄天上帝。常被简称为北帝、真武大帝或玄天上帝。其又有玄武大帝、北极大帝、北极佑圣真君、开天大帝、真武神、元武神等称谓，俗称上帝公、上帝爷或帝爷公。

不知是巧合还是模仿，我们先看以下两副相似楹联：

兰州全天观：

> 太极原从无极来，分一气以化身，神周六合
>
> 从天本自先天立，体元会以立诚，德配三才

佛教僧团的"六和"是指：戒和同修（在法制上，人人平等），身和同住（在行为上，不侵犯人），口和无诤（在言语上，和谐无诤），意和同悦（在精神上，志同道合），见和同解（在思想上，建立共识），利和同均（在经济上，均衡分配）。

"三才"，姓名学之五格剖象法术语。在五格剖象法中：五格中的三才为天格、人格、地格的总称。所谓三才，即天才、人才、地才，它们分别是天格、人格、地格数理的配置组合，反映综合内在运势。

兰州东华观：

> 极本道宗，太极原从无极始
>
> 原为善长，三元总是一元分

"太极"是阐明宇宙从无极而太极，以至万物化生的过程。无极即道，是比太极更加原始更加终极的状态，两仪即为太极的阴、阳二仪。太极一词

最早见于《易传·系辞上》。"三元"有多层含义：汉族传统节日上元节、中元节、下元节的合称。同时，"元"是始、开端的意思，农历正月初一这一天为年、季、月之始，故称三元。古时官司场的三元是指科举考试的解元、会元、状元的合称。三元，在道教教义中原指宇宙生成的本原和道教经典产生的源流，隋唐以后又衍化为道教神仙和道教主要节日的名称，延续至今。

祖庙的这副五字联，无论从内容还是表现形式上看，都与兰州全天观和东华观的楹联有相似之处，"有""无"相较，"极""天"反说，同字呼应，但祖庙联避人之复长，化己之简练，巧作改变，入情入理歌颂了人间敬奉的北帝父母，真可谓极佳妙对。

②德耀玄天地心还有欲报之德　尊居北极众志尤当敬其所尊

③德育玄天圣父母　功垂造物大乾坤

两联都强调世界之大、父母恩泽深厚，即使北帝，亦当尊老尽孝，尤其是②联首尾同字相叠，起到了突出与强调的作用。

3. 万福台

传来往事留今鉴　谱出高歌彻紫霄

万福台也叫戏楼或戏台。古代戏台一般为两层框式结构，祖庙万福台就是两层框式结构。戏台是皇上看戏的地方。台上演出的是雅乐和散乐，雅乐用于国家庆典祭祀；散乐是民间歌舞和杂技。唐以后，宗教流传，神庙戏楼成为寺院建筑的一部分，用于宗教仪式的场所。戏楼或戏台的楹联一般描述戏曲表演情状或观赏表演的感受体会等等。如安徽某戏台联"莫羡台上紫金甲，长为世间清白人"，写的就是观赏体会。苏轼在观看某歌姬演出时曾题联"舞袖翩跹，影摇千尺龙蛇动；歌喉婉转，声撼半天风雨寒"，描摹的是歌姬在台上表演给观众的形象观感。而万福台的这副七言楹联，上联"传来往事留今鉴"，"鉴"原为大型盛水器。鉴初为陶质，也就是陶盆，春秋中期出现青铜鉴，春秋晚期和战国时期最为流行，西汉时仍有铸造。"鉴"的意思有：1. 镜子；2. 照；3. 观察、审察；4. 可以使人警惕或引为教训的事情；5. 用在书信开头称呼之后，表示请对方看信。这副联中的意思是4，意即看舞台上演出的古人古事，留给今人许多借鉴参考。"谱出高歌彻紫霄"，"彻"，通达；"紫霄"即诗文中的"九霄"，指高空。意思是，舞台上歌舞欢腾，声震九霄云外。上联用平实手法写观感体会，下联以夸张手法描写表演盛况，上下联突出的都是戏曲表演艺术的功能与特征，文句简洁流畅。

4. 佛山黄飞鸿纪念馆

"佛山黄飞鸿纪念馆"位于祖庙北侧，占地一千多平方米。两层仿清代青砖镬耳建筑，内设陈列馆、影厅、演武厅和练武场。

①御侮锄奸留典范　扶危济困见精神

黄飞鸿于道光二十七年（1856年7月）出生于禄舟村，其祖父黄泰、父亲黄麒英均是南拳高手，黄飞鸿5岁随父习武，父严子专，进步很快，12岁时击败广州郑大雄，顿时名声大噪，时称"少年英雄"，后开馆授徒。黄飞鸿武艺高强，却从不恃强凌弱，他一生行侠仗义，并开设宝芝林悬壶济世，以其高尚的医德、武德深受人们爱戴。

19岁那年，黄飞鸿在西樵官山墟的一家当铺夜宿，遇到了贼人打劫，仅凭单枪匹马，就击退了数十强盗，在当地一时传为佳话。1876年，一洋人携如牛犊大的狼狗（如藏獒般）在香港设擂台向华人邀斗，20岁的黄飞鸿不甘华人受辱，赴港以"猴形拐脚"击毙恶犬，自此扬名香江。"御侮锄奸"的"仄仄平平"和"扶危济困"的"平平仄仄"属句中自对，这副联所歌颂的正是青年黄飞鸿的英雄事迹。

②仁术仁心仁药广施妙画　武功武德武技常著英风

③妙药济群黎袅袅仁风扬粤海　铁拳惩腐恶巍巍武德壮神州

黄飞鸿5岁开始就跟从父亲习武，12岁随父亲在佛山、广州一带演武，卖跌打药。1882年，黄飞鸿被广州水师聘为武术教练。1888年，黄飞鸿治愈了黑旗军首领刘永福的脚疾，刘永福向他赠送了一块写有"医艺精通"字样的木匾，并聘请他作黑旗军的军医官，同时担任福字军技击总教练。

　　此二联分别从"武"与"医"两方面表述了黄飞鸿一生的功绩。其中②联中三"仁"三"武"的同字排比，使语气抑扬顿挫，极富乐律；③联中"袅袅""巍巍"叠韵形容词的运用，使联语增色不少。

　　5.叶问堂

詠春传正统　华夏振雄风

　　咏春拳名家叶问宗师是享誉海内外的一代武术大师，他学艺成师于佛山。1949年，他赴港定居，此后终其一生致力于发扬咏春拳术。叶问一生刻苦钻研并大胆改进了武术教授方式，桃李遍天下，日后威震海内外的功夫巨星李小龙即是其中最为杰出的弟子之一。馆内收集和展览了叶问与咏春拳发扬光大的珍贵史料。

6. 碑林

古碑斑驳历历禅山旧迹　高厦耸峙瞧瞧佛镇新光

祖庙内保存着不少古旧石碑，这副 10 字楹联，若从联句关系上看，上联说"旧'，下联叙"新"，属于"反对"；叠字"历历"与"瞧瞧"对称，突出了古碑之陈旧与佛山的崭新，只可惜"历历"乃形容词，"瞧瞧"却是动词，"历历"是否可以活用为动词"历数"而与"瞧瞧"对应，有待商榷。

7. 孔圣园

中国有圣人儒服儒冠百代永瞻宗教祖

熙朝崇祀典配天配地四海咸尊政治家

祖庙内的孔圣园原称孔庙，旧称尊孔会，是清末宣统三年（1901）本地一批尊孔士绅集资所建，属小型纪念性建筑物和尊孔活动场所，而并无依照一般文庙之制。原建筑包括孔圣殿、招待室、治事室、小亭以及荷池花园等设置，占地约2000平方米。孔圣园门廊有楹联数副，此择其一例说。

这副 16 字长联，采用了"5字/4字/4字/3字"格式，表达了对孔圣人的高度赞誉。但这副联值得商榷的地方有三：其一，浏览古今楹联，"中国有圣人"，一般用于歌颂北方真武玄天上帝，例如安徽齐云山玄天太素宫"中国有圣人，是祖是师，咄咄西来东土；名山藏帝子，亦仙亦佛，元元北镇南天"，湖南长沙真武庙"中国有圣人，是祖、是师，咄咄西来东土；名山藏帝子，亦仙、亦佛，元元北镇南来"，用"中国有圣人"歌颂孔夫子的，在同类楹联中有此说法的较为少见。其二，"儒服儒冠"是偏正的联合结构，"配

天配地"则是动宾的联合结构，词性对应有待商榷。其三，下联的"政治家"是专有名词，而上联的"宗教祖"可理解为"宗教的祖先"，并非专有名词，这里的对应也有点勉强。

赘述于此，我们还要提及一则有关祖庙新楹联的传说——

文化大革命初期那阵子，祖庙内的一些神像被砸得破残不全、狼籍一片，实在令人目不忍睹。对此，有人在祖庙门前悄悄贴出一副楹联，联曰：

破除迷信——佛地天堂　养性修心　全是统治阶级骗人鬼话
保护文物——石雕木琢　包装粉点　皆属劳动人民智慧结晶
横批：并不矛盾

在那样的年月里，谁敢说"反对破坏文物"之类的话呢？这副楹联言在此而意在彼，巧妙地达到了劝诫人们保护文物的目的，当为一佳话。

8. 集雅堂

古色古香堪细玩　如诗如画可长看

这7字联紧扣"雅"义，写得流畅工整，为突出"古色古香"，上下联作了颠倒。

（二）仁寿寺

景点简介

佛山仁寿寺是佛山清代佛教四大丛林之一，现位于佛山禅城区祖庙路 5 号，与佛山祖庙相隔仅数百米，是佛山市佛教协会所在地。

仁寿寺乃清顺治十三年 (1656 年) 由密宗上师纵堂首建，康熙八年 (1669 年)，僧人玉琳重修山门，至咸丰元年 (1851 年)，僧人仁机又作重修。仁寿寺几度重修后，规模较前拓展，前至佛山涌将军桥头，后达文华里尾，左邻镇南街，右连三官街，寺内除四座主殿外，还有后殿、左右偏殿、龙华堂、方丈室、斋堂、客室以及僧舍 99 间和花园一个，花园内有彩桥两座。仁寿寺内有如意宝塔，此塔颇具特色，塔身为七层八角汉式塔，镶有藏文碑匾，塔内供有瓷制佛像十余尊，其中所供奉的陶制红绿度母佛像为石湾冠华陶窑作品，由石湾陶艺名家潘玉书手塑。历史上，仁寿寺内高僧辈出，纵堂、玉琳、祇园、慈云等高僧皆出于此。

1993 年 12 日，佛山市人民政府正式发文批准仁寿寺为开放的佛教活动场所。根据市政府的要求及国家有关政策法规，市区佛教协会会同市宗教局联合组成"重修仁寿寺筹建委员会"开展重修工作。1996 年 11 月，仁寿寺举行了重修奠基典礼，开始了殿堂修建工作。

楹联例说

仁寿寺楹联为数虽不多，但风格儒雅，手法专业，特别是嵌字手法，运用得娴熟自然，给后世留下了独特而鲜明的印象。

1. 大雄宝殿

①仁济十方古寺重光耀南国　寿延四众慈恩共沐护佛山

佛教寺庙的正殿叫"宝殿"，"宝殿"是供奉佛祖释迦牟尼的地方，故叫做"大雄宝殿"。

"大雄"两字有两层含义：一是歌颂佛祖像勇士一样无畏，就是我们今天所说的"英雄"的意思；二是出自佛祖的德号"大雄"，佛祖释迦牟尼，也称如来佛祖。佛祖释迦牟尼原是古印度北部（今尼泊尔境内）一个小邦国的王子，本名悉达多·乔答摩，他见到社会上人的生、老、病、死等种种痛苦，舍弃王室，入深山老林苦修六年，在两棵菩提树下静坐苦思，探索摆脱人间诸苦的道路，终于觉悟成佛，创立了佛教。"佛"是对他的尊称，乔答摩是他的姓，释迦是他的族名，牟尼是尊称。

释迦牟尼胸前的金色符号是梵文，汉语读作"万"，意为万德吉祥。释迦牟尼等佛像的基座，装饰有莲花的花瓣，称莲花座，含义是以莲花比喻佛教教义纯洁高雅。佛教称释迦牟尼佛为"本师"，在日常生活中，只有教学才有师生的称呼，我们称释迦牟尼佛为根本的老师（本师），就是表示"佛教"是佛陀的教育，是佛陀对九法界众生至善圆满的教育。在日常生活中我们称呼出家人为"和尚"，"和尚"是印度语，意为"亲教师"，就是亲自教导我的教师。

此联上下句开头藏"仁寿"，句尾"佛山"应"南国"，这种嵌字法，古今楹联中司空见惯，这副联运用得自然贴切，使主题表现得更加突出。

②南国首邑仁寿长春　禅市盛地佛光千秋

佛山是全国唯一一个以佛命名的地级市。而拥有300多年历史的仁寿寺始建于清朝顺治年间，是佛山清代佛教四大丛林之一。历史上，仁寿寺内高僧辈出，现在是佛山中心城区的重要佛教寺院，每年春节期间接待游客超十万人次。但偏小的规模格局，大大限制了寺院长远发展。

为弘扬佛山佛文化，2012年市政府决定将仁寿寺面积从19亩扩至45亩。2014年初，仁寿寺改造提升项目正式奠基。项目高标准规划，目标将仁寿寺提升为佛山佛教文化重要载体和高水平地标式建筑，并与祖庙、岭南天地、梁园、南风古灶携手创建国家5A级景区。佛山因缘得名的"三尊佛像"也将在寺中重塑。

这副联上句嵌字"仁寿"，下句"禅市"指佛山，字里行间突出了仁寿寺雄踞佛山的地位、作用和意义。

③仁本慈悲期人群发愿慈悲仁如我佛
　寿缘乐善祝信众输诚乐善寿比南山

释迦牟尼佛也称如来佛，"如来"，就像刚生出来了一样。"如"指真如，含两层意思：

凭借真如之道，通过努力，不断累积善因，最后终于成佛，故名如来，也就是真身如来；通过介绍真如之道，使众生增长智慧、消除烦恼、获取利益，故名如来，也就是应身如来。

也有解释作"如诸佛而来，故名如来"。民间常以如来、如来佛专指佛教创始者释迦牟尼佛，释尊，即当时的悉达多太子。

这15字联有两个特点：一是同联中第一字和第十二字两处使用嵌法；二是两次重复"慈悲""乐善"。正因为这两个特点，突出仁寿寺大雄宝殿供奉如来佛祖以及广大信众敬奉佛祖欲实现的期盼与愿望。

④但将阿弥陀佛念　即是甚深无上禅

这副联应为流水对。对那些信奉佛祖的人们来说，这副联的确是一种善意的提示。

⑤释慧无形万象皆清禅霖共沐　明心见性三千法界殊路同归

上联也许是化用了"万象更新无山不秀，一元复始有水皆清"的含义，赞美了释迦摩尼佛的大功大德；下联"三千法"，又称三千、三千世间。系将《华严经》之十法界、《法华经》之十如是、《大智度论》之三世间等相乘之法数。佛教认为地狱、饿鬼、畜生、阿修罗、人间、天上、声闻、缘觉、菩萨、佛为十法界，在十法界中之界界相具为百界；又每一法界具十如是（相、性、体、力、作、因、缘、果、报、本末究竟），成百界乘十如是，为千如是；复乘三世间（国土、众生、五阴）成三千世间，即在阴妄刹那之一念心中，具足三千诸法，又称心法三千、心造三千。要之，虽数三千，但诸法实则无量，故所谓百界千如三千世间，其实其数量终非言语思想所能详述，故知三千实际为显无量数之数量。

此联上句"万象皆清"（仄仄平平）与"禅霖共沐"（平平仄仄）和下句"殊路同归"（平仄平平）都属联中自对。

2. 仁寿堂

仁运悲智慈济四生无边净土光中现
寿越时空德超十地遍界真身象外逢

这副十五言的嵌字联采用"4字/4字/4字/3字"格式，虚指数字"四生""十地"对应工整，生动具体且略带夸张色彩。

3. 慈善医务室

仁心仁术慈悲业　寿岁寿长幸福家

医务室设于寺院内，且从事的是慈善事业——此副七字联既有嵌字法，又有叠字法，活龙活现地叙写了"慈善医务室"的作用与特征，虽有自我标榜之嫌，但无论从内容或是从形式上看，仍不失为一副佳对。

（三）梁园

景点简介

梁园是佛山梁氏宅园的总称，原名十二石斋，是清道光年间顺德人梁九华的星草堂旧址，清代广东著名的四大名园之一。1984年重修后，改称梁园。原占地面积约5000多平方米，1990年被定为省级重点文物保护单位，继而于1994年开始大规模的全面修复，总面积达21260平方米，使名园重光成为现实。

其主人是佛山本地的文化名流梁蔼如、梁九章、梁九华及梁九图叔侄四人。

楹联例说

梁园楹联联如院落，虽无博大雄伟气势，但它纤巧玲珑，极富岭南秀美色彩。

1.日盛书屋

苔痕上阶绿　草色入帘青

梁园由当地诗书名家梁蔼如、梁九章及梁九图叔侄四人，于清嘉庆、道光年间(公元1796—1850年)陆续建成，历时四十余年。梁园总体布局以住宅、祠堂、园林三者浑然一体，最具当地大型庄宅园林特色。

这副联出自唐代诗人刘禹锡的《陋室铭》，原文："山不在高，有仙则名。水不在深，有龙则灵。斯是陋室，惟吾德馨。苔痕上阶绿，草色入帘青。

谈笑有鸿儒，往来无白丁……"

这副五字联的意思是：苔痕碧绿，长到阶上，草色青葱，映入帘里。从手法上看运用的是侧面描写。特别是动词"上"和"入"两字，以拟人手法，赋草苔以生命，"2/3"结构，音韵铿锵，短短十字，通过书屋四周清新的景物表现出书屋的优美宁静，而且流露出梁园主人对这景色的独爱之情。

南海西樵松塘村季氏房六世祖祠有一副门联"门外山光排闼翠，塘西草色入帘青"，形式与风格与梁园此副楹联似为姊妹篇。

2. 某亭

桥通曲径依林转　屋似鱼舟得水多

这副联意境优美：桥通幽，屋似舟，树多水净空气优，人若置身在其中，何惧世间愁与忧？此联沿用传统七言对"4字/3字"结构，动词"依林转"与"得水多"对仗工整，极富表现力。

3. 秋爽轩

垂老弟兄同癖石　忘形叔侄互裁诗

"同癖石"即同样喜爱奇石，且到了成癖的地步。"互裁诗"即相互作诗取乐。古时"对诗"较为常见，例如北宋大文豪苏东坡的妹妹苏小妹也是个出名的才女，因此苏东坡常与她对诗楹联取乐。相传，苏小妹是门楼头，即前额突出，苏东坡就赠诗一首道："未出房门三五步，额头先到画堂前。"苏东坡脸长得长，苏小妹就回敬道："去年一滴相思泪，今日始流到腮边。"

"勤奋好学"、"多玩奇石"乃梁氏家人习性。据说梁园"积石比书多"，"石庭"中一石成形、独石成景，在岭南私园中独树一帜。形容词"垂老"与"忘形"形象勾勒出主人远离大都会宣嚣、享受林泉之乐的悠然情状，读来让人顿生艳羡之感。

4. 刺史家庙

积阴德遗子孙宪章司马　敦孝友和兄弟祖述君陈

刺史家庙，典型的岭南祠堂式建筑，面宽十二米，进深二十五点六米，两进三开间，是当年朝廷表彰梁氏先人而赐建，后为家族祭祀先人之场所。如今，它也是佛山市"建筑再生"的典型。"建筑再生"顾名思义就是在不推倒旧建筑的前提下，于其内添加新的元素和内容，赋予旧建筑以新的"生命"。180多年过去，一代名园历尽沧桑，虽仅余二十亩，但仍不失昔日风采，现辟为公共专题博物馆及旅游开放点，广东省重点文物保护单位。

由于传统建筑的局限，梁园虽为博物馆，却没有一个适应现代博物馆陈列展览的展厅，园内大多是岭南传统的"三间两廊"建筑，开间小、采光差、潮湿，本无法现成地利用或改造为展厅。刺史家庙是园内体量最大、唯一可能改造成中小型展厅的建筑，但其同样具有建筑的室内面积小、光线不佳、潮湿、防盗性能差等缺点。基于以上原因，设计师大胆地赋予这座建筑新的元素和内涵——以玻璃和钢材为主要结构，在祠堂内建起了"玻璃屋"展厅。

至于"刺史家"的主人之一梁九图（1816—1880年），广东顺德人。是道光、咸丰年间的社会名士、慈善家和诗人，也是岭南名园梁园的创建者之一，曾任刑部司狱。梁九图自幼聪明敏悟，十岁就能作诗，有"神童"之誉。他不涉足科场，而醉心于读书治学、绘画写字和游山玩水，他与著名诗人张维屏、黄培芳等交情深厚，经常聚会唱酬，著作有《十二石斋诗集》等传世。他不仅博学多才，而且乐于扶持后学，培育英才。他教子有方，使几个孩子长大成才：长子僧宝是同治、光绪年间的名臣，以忠直、敢言著称；次子禹甸投笔从戎，为水师勇将，被兵部尚书彭玉麟嘉为"南海长城"；九图的孙子尔煦铁君与康有为有刎颈之交，毁家襄助维新变法。因此每逢节庆之日，梁九图便会得到朝廷的赏赐、褒扬，先后被封为大夫、振威将军等称号。此外梁九图还继承了梁家扶贫助残、热心公益的传统。清道光辛卯年(1831)年佛山遭水灾，梁九图协助其父捐资赈灾，向受灾群众送粮送药等。他开设了佛山育婴堂，组织人力削平仰船岗乱石以利航运，铺砌佛山通济桥一带的石路，建高秧地茶亭等善举，受到佛山父老乡亲的热情赞颂。

上联的"宪章"，又名狴犴，传说中的兽名。形似虎，是老七。它平生好讼，却又有威力，狱门上部那虎头形的装饰便是其遗像。传说狴犴不仅急公好义，仗义执言，而且能明辨是非、秉公而断，再加上它的形象威风凛凛，因此除装饰在狱门上外，还蜀伏在官衙的大堂两侧。在衙门长官坐堂、行政长官衔牌和肃静回避牌的上端，都有它的形象。它虎视眈眈，环视察看，维护公堂的肃穆正气。"司马"，古代职官名称。殷商时代始置，位列三公，与六卿相当，与司徒、司空、司士、司寇并称五官，掌军政和军赋。春秋、战国沿置，汉武帝时置大司马，作为大将军的加号，后亦加于骠骑将军，后汉单独设置，皆开府。隋唐以后，为兵部尚书的别称。

下联的"祖述"即效法遵循前人的学说或行为；"君陈"，比喻皇家之重臣。（唐）杨巨源《薛司空自青州归朝》诗："天眷君陈久在东，归朝人看大司空。"

鉴于上述史实，这副十字楹联简明概括地叙写了梁家人的种种优秀品质，赞美了梁家"光宗耀祖"的种种荣耀。

5. 客厅

①多买异书赢置产　饱看怪石当游山

此为梁九图诗句对。古人有道："书中自有黄金屋"，故上句便有"买异书赢置产"之说；下句"看怪石当游山"，就是"以小见大""以实务虚"的乐观主张，字里行间可见主人独特个性。

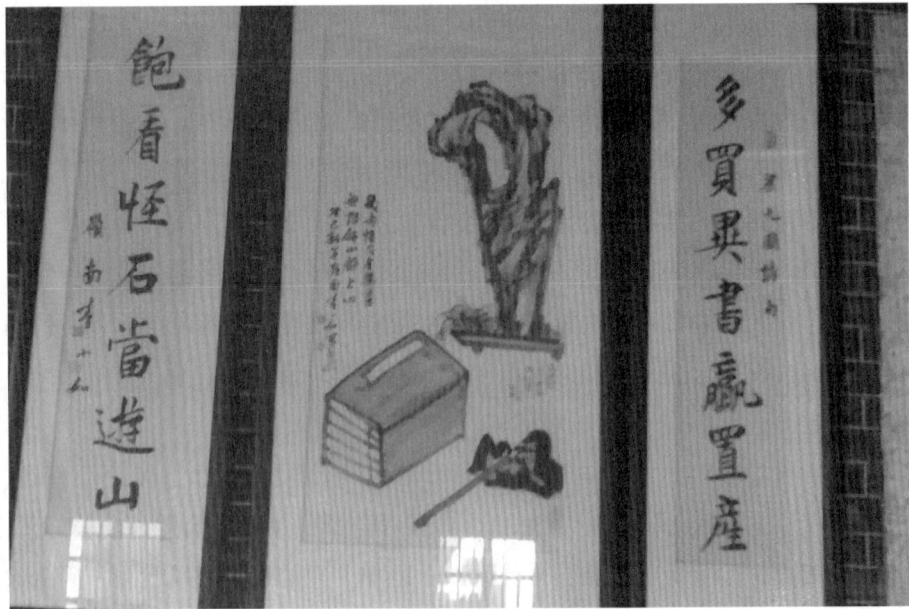

②香招风遇如相约　梦趁春来似有期

同为梁九图诗句联对。自古有"树大招风"与"花香自有蝴蝶来"之说，但上联却创出新意，用"花香招致风来"，出奇出色；古人还用"黄粱美梦"比喻妄想空想，而下联反其意而用之，说"梦趁春来"，另有一番美景在心头。读句思人，主人高雅喜好跃然纸上。

6. 寒香馆

①得失塞翁马　襟怀孺子牛

《塞翁失马》源自西汉刘安所著《淮南子·人间训》文本中的一个典故，后衍生为成语"塞翁失马，焉知非福"。"塞翁失马"特指祸福在一定条件下可以互相转化，任何事都有两面性。

"孺子牛"出自《左传·哀公六年》中记载的一个典故，原意是表示父母对子女的过分疼爱。现代伟大文学家鲁迅《自嘲》中的"横眉冷对千夫指，俯首甘为孺子牛"名句使"孺子牛"的精神得到升华，人们用"孺子牛"来比喻心甘情愿为人民大众服务，无私奉献的人。

②一丝浩然气　千里快哉风

此寒香馆两副五字对，皆为今人诗句，现存于馆内，无论内容或形式，都算上品，只可惜②联与梁园淡然纤巧风格有些出入。

7. 观音堂

过海便为仙伏望早降慈云同登彼岸　即心原是佛更祈大施法雨普济众生

观世音菩萨，也称观自在菩萨，是"南无大慈大悲救苦救难广大灵感观世音菩萨摩诃萨"的简称。又称作南无观世音、师子无畏音、大慈柔软音、大梵清净音、大光普照音、天人丈夫音，能施众生乐、济度生死岸等。因观世音菩萨曾经发愿，任何人在遇到无论任何灾难时，只要一心虔诚念诵观世音菩萨的圣号时，即会得到观世音菩萨的救度——"观其音声，皆得解脱"，因此，名为"观世音菩萨"。

梁园观音堂里的这副 15 字楹联，其结构为"5 字 /2 字 /4 字 /4 字"，在表达众生对观世音菩萨的不尽祈望的寺庙楹联中应为佳联。

8. 某轩

①灯火夜深书有味　墨笔晨湛字生光

此联所描绘的情景，当然是读书人自得其乐的一种安慰，个中酸甜苦辣，只有忘情者自知。

②月下飞天镜　云生结海楼

　　这副联出自唐代李白的《渡荆门送别》诗句。全联意为：月映江面，犹如明天飞镜；云彩升起，变幻无穷，结成了海市蜃楼。但所配画与楹联所描绘的意境似乎不太匹配。

（四）南风古灶

景点简介

　　南风灶窑址在广东省佛山市石湾镇日用陶瓷三厂西南角镇岗上，窑体依山势向南伸展紧靠东平河畔，因窑向正南，故称南风古灶。是明代正德年间（1506–1521 年）建，沿用 400 余年至今仍在使用的国内罕见的古龙窑。

　　石湾镇街道位于禅城区东南部，2006 年 7 月禅城区街道行政区调整后，由原石湾、澜石和城南三个街道整合而成，行政区域包括原石湾镇街道沿季华路以南部分以及原澜石和城南街道的区域，下辖 12 个行政村、22 个社区居委会。

石湾镇街道素有"南国陶都"之称，有着源远流长、底蕴厚实的陶文化根基，是世界上为数不多的陶瓷经济发达、陶瓷文化齐备的地区之一。拥有南风古灶、陶师庙、丰宁寺、石湾陶瓷博物馆、美术陶瓷厂、公仔街等旅游文化资源。

南风古灶以五千年的制陶历史而闻名世界。景区内有全国重点保护文物、被称为陶瓷活化石的南风古灶和高灶，五百年来窑火不绝、生产未断，已载入吉尼斯世界纪录大全，景区内还有林家厅、高庙偏厅等两个省级文物保护单位，占地约 400 亩，集旅游、观光、生产、习艺、研讨、参与、购物于一体，旅游区内下辖南风古灶、陶塑公园、绿舟孔雀园三个景区。

楹联例说

南风古灶景点的楹联并不集中，数量不多，散见于各古迹、门店、住户等处，但大都具有较鲜明的个性特征。

1. 景区入口（现置于古灶顶亭）

风自南来万简朝宗迎瑞气

云从龙涌百窑献宝聚芳华

这副 11 字楹联，采用"4 字 /4 字 /3 字"结构，韵律流畅，凸显了南风古灶的恢弘气势及生产规模。

2. 广东石湾陶瓷博物馆

艺与道俱进　品随岁更新

此五字联采用"3 字 /2 字"结构，文字简洁，语气铿锵，主题鲜明，表达的是对陶瓷艺术产品创新的不懈追求。但从音律上看，下联时令词"岁"与上联的"道"均为仄声，有违楹联法则，若改用"时"则较为工整。

3. 潘汾林艺术馆

道可道非常道　奇不奇特别奇

这副联的表现手法较特殊：一是"道"和"奇"字各有 3 次重复；二是用故意矛盾的句式表达十分肯定的内容。

作为个人陶瓷艺术馆，此联无疑有较强的艺术个性，给人以鲜明独特的艺术感染力。此联应有两个出处。上联出自老子的原文"道可道，非恒道。名可名，非恒名"。在汉代为避文帝（刘恒）的讳，才改为"常"。下联另有故事——1944年至1947年间，西安地下党在城西北开设了一个"奇园茶社"，其实它是我党的一个秘密交通站，党组织派梅永和同志担任站长。茶社开张那天，党组织安排在茶社的门上写了一副楹联：

奇乎不奇　不奇又奇
园耶是园　是园非园
横批：望梅止渴

潘汾林艺术馆很好地利用了这两者，字面上稍做改动，停顿上稍做变化，手到拿来，为我所用，有不着痕迹之功。

4. 某坊

流光溢彩紫霄炫　晶莹剔透玉冰澄
这副联为琉璃瓦工艺研究坊自我肯定之作，写得简洁生动、贴切工整。

5. 字巷某号

空筑东平和古灶　高处龙火承南风
虽为私人住宅，却也以古灶为荣——本七字联就是叙写南风古灶地处东平河畔、居高而下，终年薪火不绝的盛况，结尾嵌字"南风古灶"，自然而巧妙。整副楹联文字简介，主题突出，是景点中的一副佳对。

6. 忠信巷某号

大着肚皮烧火　立定脚跟做人

湖南团山寺有一联："放开眼界应世，立定脚跟做人。"而南风古灶的这副用粤方言写成的六字楹联，酸苦中略带诙谐，乐观而充满自信。也许主人就是古灶的一位从业者吧，她爱古窑，不辞辛劳（怀孕数月仍参加劳动），常年为之付出，以此谋生，并不自卑。读着这副楹联，真让我们对勤劳本分的广东妇女们产生莫大的敬意。

7. 林家厅

紫燕归时巢尚暖　良骥伏枥志凌云

林家厅建于明代，初为林氏家庙。至清嘉庆年间（1796—1820 年），林绍光（嘉庆丙辰进士）、林龙光（乾隆壬子乡试举人）、林缙光（嘉庆戊辰乡试举人）兄弟三人将家庙改作居室，称为林家厅。1998年佛山市人民政府将其确定为市级文物保护单位。

此联平仄为：紫燕归时巢尚暖（平仄平平平仄仄），良骥伏枥志凌云（平仄平仄仄平平）。

楹联运用了比喻的手法，上联叙写紫燕辛勤劳作，孜孜不倦，表达家永远是温暖的港湾，在外打拼的游子回家就会感到温暖的情怀。下联则抒发雄心壮志，自比良驹即使俯卧马槽边也要心存天下志在远方。读者通过这平淡无奇的写景叙事和议论抒情，窥见了主人的远大抱负，具有一定的感染力。

林家子弟向来注重参与科举选拔，在科举考试中亦有不俗表现，此七字联算一佐证。

8. 简氏故居

古木逢春来一品　香茶敬客饮多杯

其实此处并非真正的简氏故居，真正的简氏故居在澜石的黎涌村。

简文会，南海（今广东南海）人。生卒年不详，五代十国南汉乾亨四年（920年）状元。

自隋唐开科举考试以来，广东史上曾出过九位状元，他们分别是唐代的莫宣卿，南汉的简文会，宋代的张镇孙，明代的伦文叙、林大钦、黄士俊，清代的庄有恭、林召棠、梁耀枢诸人，而其中南海的简文会是由皇帝在广州当地钦点的状元。

简文会幼年聪慧出众，秉性耿直。南汉刘龑帝戊寅进士科点简文会为状元。登第后以才学见用。累官至尚书右丞。乾和年间，南汉刘晟帝暴戾而残

酷。简文会疏谏，触怒中宗，被贬谪为祯州刺史。任上尽心尽职，颇有政声，为民所道。以清廉务实著称。终死于祯州任上。

简文会家乡黎涌村，500多年后的明代弘治年间又出了一位状元伦文叙。村中有一水井，相传简、伦两家仅隔一条小巷同饮一井之水，故当地把该井称为状元井，远近流传"一井两状元"的佳话。

这副七字楹联，文意简明："古木"而非"枯木"，点明简文会居所环境的幽美；"香茶"突出主人待客之热情。上下联并未出现古井，但"来一品"和"饮多杯"又与"古井"紧密相连。环境的幽美、主人待客以诚、水纯茶香等等，尽在这简短的十四字之中。同时，全联以粤方言语气写成，极富岭南地方特色，普通话"多饮"在粤语中是"饮多"。

8. 高庙偏厅

福佑南天济通万物　善缘北极灵应三元

上联"万物"指宇宙内外的一切的事物，包括存在与不存在者。"万物"是数量词，万物中的万字，是因为它是汉字数字较大的数字，所以有"最多"之意，不是指有一万个。

下联"三元"，这里指道教教义中宇宙生成的本原和道教经典产生的源流。

南风古灶景区内也有一处供奉北帝的庙宇，采用"4字/4字"结构的这副八字楹联，对北帝的歌颂写得简洁流畅。

9. 四大名陶

紫砂荣昌誉华夏　坭兴建水冠全球

"中国四大名陶"是指紫砂陶、坭兴陶、建水陶、荣昌陶。1953年，在北京举办的全国民间工艺品展览会上，江苏宜兴紫砂陶、广西钦州坭兴陶、云南建水紫陶、四川荣昌陶器以其悠久的历史、卓尔不凡的陶瓷品相和深厚的文化内涵，被国家轻工部命名。这副联按现代方式贴挂，图左边为上联。

（五）南庄罗格孔家村

南庄镇位于禅城区西部，面积76.7平方公里，辖18个行政村和2个社区居委会。至2014年底，南庄镇总户数26372户，户籍人口84601人，外来人口约6万人，有国家级生态村2个，广东名村2个，省宜居示范村庄2个，市级生态村18个。南庄镇自古以"桑基鱼塘"著称，水系发达，河网交错，是典型的岭南水乡。

村况简介

有一千多位孔子后代居住区，足以让禅城区南庄镇罗格孔家村显得神秘而厚重，这个位居南庄大道北，佛山一环以东的自然村，为孔子后裔南迁之地，绿水绕村流，800年来繁衍不息，成为厚重岭南文化中的一颗璀璨之星。

特别是近些年，在孔氏家族的共同努力下，孔家村不仅修复了天南圣裔祠、南庄孔公祠等祠堂，重建了文昌塔等古建筑，还逐渐恢复了文昌诞、开笔礼等民俗活动。一系列举措让整个村弥漫着浓浓的书香文化气息，正缘于此，内心富足的孔氏族人，邻里和睦、幸福。

楹联例说

孔家村楹联，多为五字联，主题集中而突出——歌颂孔子功德、以孔裔为荣并抒发尊孔好学情怀。

1. 天南圣裔祠

东鲁家声远　南天世泽长

"东鲁"有两个意思：（1）原指春秋鲁国，以后指鲁地（相当今山东省）。(2) 指孔子。孔子为春秋鲁人，故称。上联"东鲁家声远"说的就是东部鲁国孔孟等先祖人物家声远扬。下联"南天世泽长"即孔家祖辈南迁世代绵延。

800 年前，孔子五十三代孙孔阜林从数千里之外的山东迁移至佛山南庄孔家村开村定居，如今村内孔氏后裔已近 1200 人。简洁流畅的五字联，把罗格孔家村的来龙去脉交待得一清二楚。

2. 孔文公祠

诗书源泗水　礼仪著樵山

上联叙写罗格孔家源本山东泗水。鲁哀公十六年二月十一日（公元前 479 年 4 月 11 日），孔子患病不愈而卒，终年七十三岁，葬于鲁城北泗水岸边。不少弟子为之守墓三年，唯独子贡为孔子守墓六年。弟子及鲁国人从墓而家者上百家，得名孔里。孔子的故居改为庙堂，孔子受到人们的奉祀。泗水如今是山东济宁市辖县，位于山东省中南部，泰沂山区南麓。

下联"樵山"即西樵山，广东南海5A级风景旅游景区，从孔家村到西樵山距离约4公里。孔姓族人向来遵从儒家之礼义，家族之间互相团结，为家族至今聚而不散，提供了强大的凝聚力。上世纪60年代前，孔家村每年都有春秋祭孔、开笔礼等习俗，后一度废除，如今这些传统习俗已陆续恢复并发扬光大。

本五字联叙事议论抒情紧密结合，写得简明流畅。

3. 东鲁大楼

圣德千秋颂　宗贤万世昌

上联"圣德"赞孔子，下联"宗贤"叙孔氏后人。事实证明，把耕读传家当作立家之道的罗格孔家村人才辈出，近代就曾先后培育出翰林1人，进士1人，举人8人，副贡生3人，七品以上文官达40多人，将军有3人。如今，村里在海外的硕士、博士生就有8个。所以下联结尾强调"万世昌"确有根据。

这副联上句赞美孔子高尚德行千秋流传，下句力陈孔氏后裔为祖宗争光添彩事迹，确非夸张之辞。

4. 文昌塔

诗书敦夙好　瑜璁发其光

罗格文昌塔的这副五字联，强调的是读书的重要作用。江苏常熟市赵园大门也有"诗书敦夙好，山水有清音"的楹联。

（六）张槎莲塘村

村况简介

莲塘村位于佛山市西郊，当年是张槎西部较偏远的村。该村东邻海口村，南邻东平河，西邻村头村，北邻大富村和村尾村。全村面积 0.7 平方千米，下辖莲一、莲二、莲三、莲四、莲五、莲六、莲七、莲八 8 个村民小组。常住人口 3100 多人，外来居住人口 4000 多人。

据莲塘《陈氏族谱》（手抄本）载：莲塘先祖象渊公祖籍河南省光州府固始县。于宋咸淳二年，从广东南雄珠玑巷迁徙而来，后赘居大富谭氏，生二子，次子怡莲。元延祐六年（1319年），怡莲公从大富移居莲塘，事业有成，遂与招姓女子结婚，成为莲塘村陈氏开村始祖。

莲塘陈氏开基创业七百年，名人辈出。所列几位乃其中之佼佼者：

陈桐林（1485～1567年）名贯，字本一，号桐林，莲塘陈族第八传孙，吏员出身。官至浙江省桐乡县知县、广西省玉林直隶州知州。

陈勷君（1624～1696年）名廷相，字勖式，莲塘陈族第十二传孙。吏员出身，官至广西省平南知县。任内劝耕励农，尽忠职守，辛劳过度，逝于任中。当地曾建"莲塘勷君陈公祠"纪念。

陈如岳（1843～1914年）名金衡，字俊峰，号镇南，是莲塘陈族第十九传孙。同治十二年（1873年）应癸酉科乡试，中式第四十一名举人，同期又受业于岭南大儒朱九江先生，为先生的入室弟子。光绪九年（1883年），赴京应癸未科会试，中式贡士，殿试二甲第三十二名，赐进士出身，朝考钦点翰林院庶吉士，散馆之试，名列最优等，授翰林院编修，国史馆协修官。

陈景舒（1932～2012年），字靖庵，是莲塘陈族第二十一传孙。广东省文史研究馆馆员，中国书法家协会会员，广东省书法家协会名誉主席，历任广东省第二、三届书法家协会主席，广东省第六届政协委员，广东省第八届人大代表。

现村内有陈氏宗祠（北祠）、太史第、恒斋陈公祠、陈如岳故居等历史建筑。

楹联例说

1. 入村大牌坊

① 颖水流芳瓜瓞绵延成望族　莲溪沃壤英才辈出誉名门

莲塘村入村大牌坊位于村子南部，紧靠禅城区东西主干道季华路，东为智慧新城，西联南庄绿岛湖，气势恢宏。牌坊施工期将近一年，于2017年8月17日正式剪彩开放。上句的"颖水"一般理解为姓氏发祥地。颖水出于河南省西境颖谷，向东南流，入淮河。另一支从阳城县阳乾山，颖水所出，东入淮河。古时颖水称颖川。"瓜瓞"音guādié比喻子孙。本11字联融叙事、

描写、议论、抒情于一体，文字简洁、气韵流畅。不足之处是上联"颍水流芳"乃主谓结构，而下联"莲溪沃壤"却是联合结构，有点遗憾。

延佑初心绳其祖武鸿基定　新华盛世贻厥孙谋伟业昌

本 11 字联在众多宗祠楹联中俯拾皆是，强调的是继承祖业、不忘初心，方能家族繁荣、事业昌盛。

2. 陈氏宗祠

① 颍水家声远　川流世泽长

莲塘陈氏原籍河南，后千里迢迢来到佛山，并在莲塘生根发芽、开花结果。此为宗祠联的常见写法。

② 固始东迁历几度沧桑结草为庐于粤北
　　珠玑南渡经三番辗转宏基肇拓在莲塘

宗祠内的这副 16 字楹联，断句为："固始东迁 / 历几度沧桑 / 结草为庐 / 于粤北；珠玑南渡 / 经三番辗转 / 宏基肇拓 / 在莲塘。"数字不多，却概括

叙写了莲塘村陈氏家族从粤北韶关珠玑西迁至佛山禅城的历史。

"结草"的原意是感恩，典故见于《左传·宣公十五年》。公元前594年的秋7月，秦桓公出兵伐晋，晋军和秦兵在晋地辅氏（今陕西大荔县）交战。晋将魏颗与秦将杜回相遇，二人厮杀在一起，正在难分难解之际，魏颗突然见一老人用草编的绳子套住杜回，使这位堂堂的秦国大力士站立不稳，摔倒在地，当场被魏颗所俘，使得魏颗在这次战役中大败秦师。晋军获胜收兵后，当天夜里，魏颗在梦中见到那位白天为他结绳绊倒杜回的老人，老人说，我就是你把她嫁走而没有让她为你父亲陪葬的那女子的父亲。我今天这样做是为了报答你的大恩大德！原来，晋国大夫魏武子有位无儿子的爱妾。不久魏武子病重，又对魏颗说："我死之后，一定要让她为我殉葬。"等到魏武子死后，魏颗没有把那爱妾杀死陪葬，而是把她嫁给了别人。魏颗说："人在病重的时候，神智是昏乱不清的，我嫁此女，是依据父亲神智清醒时的吩咐。"后世比喻感恩报德，至死不忘。但这副联中的"结草为庐"却是指用茅草搭建房子，意即定居下来。

在具体的表述中，这副联数量词"三番"对"几度"、连绵词"辗转"对"沧桑"运用得自然工整，使联语增色不少。

③ 翰院文章垂梓里　天台赋句耀京都

莲塘村人杰地灵，人才辈出，明清以来，全村有庠生（即秀才）9人，贡生1人，武举人1人，翰林1人，涌现出陈如岳、陈景舒等一批历史文化名人。这里歌颂的是以文出名的陈氏先贤。

3. 公园戏台

艺苑迎春粤韵悠扬歌盛世　曲坛共庆管弦乐奏颂升平

作为现代戏台楹联，这副联采用4字/4字/3字格式，主题鲜明，给人昂扬向上的力量，所表现的喜庆气氛也隆重热烈。但从词语组合的结构上看，"粤韵悠扬"与下联"管弦乐奏"，从词语句子所表现的功能性质上看，"粤韵悠扬"和"管弦乐奏"虽然都是主谓结构，但前者带有明显的描写手法，后者只是一般的陈述，因此有点勉强。

4. 龙狮室

天天传技艺　辈辈出英才

莲塘有着悠久的龙狮文化传统，拥有张槎街道唯一的龙狮运动训练基地，莲塘武术龙狮团自1998年成立以来，在国内外的比赛中多次取得较好的成绩，为村争光，加强了村的凝聚力。本 5 字联就是叙说龙狮队勤学苦练，既出人才，又出成绩的事实，文字简洁、语调铿锵，应为一佳对。

5. 恒斋公祠

恒业垂久远　斋庄裕后昆

"后昆"亦作后绲，后嗣；子孙。《书·仲虺之诰》："垂裕后昆。"宋苏轼《吊徐德占》诗："死者不可悔，吾将遗后昆。"这是一副公祠常见的楹联，平仄对应，嵌字"恒斋"，简洁流畅。

（七）南庄罗南隆庆古村（古官道）

村况简介

罗南村位于南庄镇西部，面积 4.75 平方公里，下辖 9 个村民小组，户籍人口 3519 人，外来人口约 1 万人。在罗南村西北，有一个生态园，生态园东侧有一村民小组群，当地人习惯把它叫罗南隆庆村，现由隆新、陈家、罗家、嘉村 4 个村民小组组成，480 户人家。隆庆村民风淳朴、历史文化沉淀深厚。明朝成化十六年（1480 年）建村。据说隆庆村原有陈、罗、潘、钟、颜五姓，现只有陈、罗两姓。明清以及民国时期曾涌现过一大批名人。

在佛山，至今仍保留下来的古官道为数不多。隆庆村却有一条古道"颍川大道"，当地人就把它称为官道。所谓"官道"，就是古代官方军需物资运输、军队调防、官员谪迁、信件传送等使用的要道。这条官道，两百多年前就是隆庆村村民出村的唯一陆路干道，素有"丝绸之路"之称。如今，古

官道和村内的陈氏宗祠均属佛山市第四批古建筑类别的文物保护单位。

楹联例说

隆庆古村古官道的楹联不多，但贴切鲜明。或是谐音"长久"之意吧，除了陈氏公祠外都是9字组成，独具特色。

1. 颍川大道牌坊

① 颍川拓地宽诚心早发　大道通天远捷足先登

从2003年至今，罗南村投巨资先后对隆庆古道、古村进行活化，其中含道路的铺设、公祠的重建或修复、牌坊重建等等，如今的隆庆古村官道的确给人以"修旧如旧"的感觉，使得前来生态园游览的人们又平添了观古村旧道、赏隆庆美景的深厚旅游内涵。

这副9字楹联，以"5字/4字"结构，简明扼要地向游人展示了古官道重建与修复后的不寻常效果。

② 隆恩惠水乡人和道合　庆典弘基业日朗云开

这副 9 字联语，同样采用"5 字 /4 字"结构，"隆恩"应理解为"党和政府的关怀重视"，"人和道合"、"日朗云开"以饱含深情的笔触抒写了如今罗南人如倒吃甘蔗般的甜美生活。

2. 隆庆书院

读书论道唯圣贤礼义
立德修身作国家栋梁

隆庆书院原来是一家清道光年间的书舍，由于岁月的侵蚀已经残破不堪，为保留村中的历史遗存，2007 年村民筹资百万元仿原样重建书舍，并改名为"隆庆书院"。书院内还建有两个三层楼高的"文笔塔"，作为存档案典籍用。大厅内供奉有孔圣人像、摆设三字经以及四书五经等儒家经典，还摆放了有关村史的典籍，成为隆庆村的文化博物馆。

此9字楹联紧扣"书院"功能与作用，结构上与前2副有所变化："读书论道／唯圣贤礼义"（4字／5字结构）、"立德修身／作国家栋梁"（4字／5字结构），向人们展示的是一种正面的教育和力量。

3. 陈氏宗祠

颍水珠玑泽润五房欣浩瀚　樵山族祚绵延二世显峥嵘

隆庆村的陈氏宗祠，又名"聚德堂"，始建于清嘉庆二十二年（1817年），距今已有两百年的历史。为三进四合院式平面布局，建筑保留了清代宗祠建筑的不少艺术精华。其彩绘、石雕、灰塑皆十分精美。尤其是祠堂门口及祠堂中的那两块牌匾，还有一个耐人寻味的故事——祠堂门口的"陈氏宗祠"几个大字，据说是清朝知名的书法家陈白沙手书。坊间传说陈白沙是一位非常传奇的书法家，他写字并不一定用笔，而是就地取材，抓住什么就用什么写，手指、破纸以及烂布卷，都能写就行云流水的书法。"陈氏宗祠"这几个字据说他是用"禾杆头"来写的，因而弥足珍贵。祠堂中央的那块写着"聚德堂"的牌匾，就不知出于谁的手笔了。这两块牌匾虽已陈旧却是祠堂中的文物。1958 年"大跃进"前后，这间祠堂被当作是政府蚕种繁殖场，一些养蚕工人见这两块牌匾很平整，遂取下翻其背面当作饭堂摆菜的餐台，也许是机缘巧合，没想到无意中却使这两块牌匾完整地逃过了"破四旧"的劫难。1978 年，罗南村从蚕种繁殖场手中收回了祠堂时，才发现这两块"餐台"的不同寻常。

今天的隆庆村就在龙湾大桥东侧，距离国家 5A 级旅游度假景区西樵山仅数公里。这副 11 字的宗祠楹联，平仄对应工整，采用的是"4 字 /4 字 /3 字"结构，词语结构为"偏正 / 动宾 / 动宾"，"二世""五房"对应工整，连绵词"峥嵘"对"浩瀚"，无懈可击。全联叙写的是陈氏家族源流演变的历史与现状，简明扼要、通俗易懂。

（八）南庄紫南村头村

说到紫南村头村，可以称得上是全国有名的"明星村"了。它不仅获得过"广东名村"的称号，更是广东唯一入选"中国十佳小康村"的村落。2017 年，紫南村还入选了"中国最美乡村 100 强"。

"最美紫南"村容村貌有多美？

佛山市季华路往西，路到尽头，临近西江，弧形江堤怀抱之中，田野广阔，这里就是"村在绿中、房在园中、人在景中"的南庄镇紫南村。曾获中国十佳小康村、广东省宜居示范村庄等荣誉。今日的紫南村，村里绿树成荫、河涌抱村，颇有"绿树两旁闲逸坐，清溪一水荡舟游"的岭南气息。

村况简介

村头村于明朝开村，梁姓居多，位于南庄镇紫南村北面，占地 223 亩，人口 1079 人。村头村自然环境优美，民风淳朴，人才辈出，仅在明清两代就有弘治二年（1489 年）的举人、弘治三年的进士、官职为监察御史、漳州知府、福建参政的罗列。村头村为典型的岭南水乡，碧水环绕、河涌密布、榕树荫盖，至今还保留着岭南建筑风格的祠堂、书舍、民居等 2000 平方米。

楹联例说

村头村的楹联以宗祠和亭阁楹联为重，宗祠尽五言，亭阁多七言，内容较专一。

1. 入村大牌坊

夏雨初霁晨光耀眼唯见村头千门添锦绣

春风徐来曙色增辉但闻紫南万户纳奇香

这副 17 字楹联断句为：上联"夏雨初霁 / 晨光耀眼 / 唯见 / 村头千门 / 添锦绣"，下联"春风徐来 / 曙色增辉 / 但闻 / 紫南万户 / 纳奇香"。虽说此联写景叙事中略带夸张色彩，但基本反映了村头、紫南的现实状况：

辖区人口6000多人的紫南村，共20个村民小组。现有大小厂企50余家，外来暂住人员7000多人。2016年，由农民日报社发起的第九届"中国十佳小康村"评选活动，紫南村成为广东唯一获此荣誉称号的村，这是继2015年获得"广东名村"后，紫南村获得的又一殊荣。

由4个村民小组构成的村头村，是紫南村下辖的一个自然村，也是佛山"百村升级"计划中首批特色古村落之一的特色古村。为了保护村内的传统古建筑，传承岭南文化，2014年5月，由紫南村委会、村头村内的4个村民小组及辖区企业家共同出资1400万元，对村头村进行首期改造升级。改造后的村头村面貌焕然一新，新建了一条宽10米、全长1.1公里的环村大道；填埋了旧河涌，挖建了一条环村新涌；新修了6个休闲公园；绿化面积增加15000平方米，并增设了800个标准化停车位。而且，村内的一些祠堂、古民居等历史建筑经重新修葺后也焕发新光彩。

正是如此，所以我们说这大牌坊楹联结句"紫南万户纳奇香"、"村头千门添锦绣"所描绘的紫南村、村头村的状况并非夸张。

从表现形式上看，这副楹联对仗工整，音韵流畅、主旨鲜明。句中第11、12字嵌"紫南""村头"，内容贴切，对仗工整；13、14字的"万户"对"千门"的数量词运用，显得生动形象，极具表现力。

2. 孝慈亭

孝顺承先辈　慈祥侍后人

孝道就是感恩。感恩是一种力量，感恩是一种责任，感恩是一种义务！古语云："善事父母曰孝"。孟子也说："孝子之至，莫大乎尊亲"。意思就是说，要尽心赡养侍奉父母，尊敬爱护老人。"顺"，就是要顺从，依老人的意愿行事，主要指在养老方式、生活习惯和兴趣爱好方面，也可以说，"顺"是"孝"的具体体现。

下联"慈祥"，读作cí xiáng，指仁慈、和蔼。出自《仪礼·士相见礼》："与众言，言忠信慈祥。""侍"，伺候，在旁边陪着，服侍，侍立。从楹联的立意看，这里应该是"待"的误写，即对待。

紫南在此前一系列文化建设的基础上，进一步提出了创建"仁善之村"

的口号，2015 年制订紫南文化发展三年行动计划，未来三年用"文化立村、文化兴村、文化强村"的理念，打造紫南的文化品牌，以此推动下一轮的发展。

本 5 字联句首嵌字"孝慈"，上下联简单地理解就是：对待长辈要孝顺，对待晚辈要慈爱。孝顺与慈爱，相辅相成，相得益彰。

3. 智仁阁

智启仁风乐桃源
花开懿德图大业

下联嵌"桃源"，运用了比喻手法；上联"懿德"音（yì dé），意思是美德。为突出"智仁"，这副联故意将上下联作了颠倒。

4. 晓然亭

闲牵绿叶织罗裳

晓看红花映玉阶

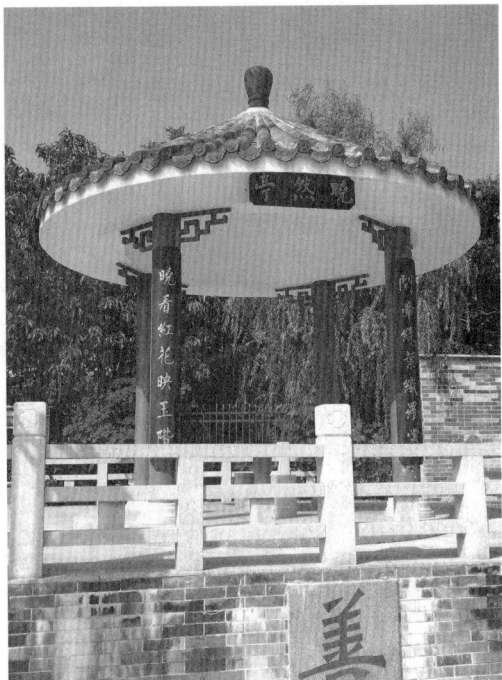

这副联意境十分优美：清晨起来，悠闲无事，在长满荷花的池塘边信步观赏，只见塘中荷叶田田、重重叠叠，好似纺织出来的绫罗绸缎；荷叶中间，红花相映，艳丽多姿，池塘的石阶洁白如玉，正好红白相间，满眼盎然情趣。上句"牵"的施事者应该是"风"，运用了比拟手法。下联的观看者当是"人"。但从平仄韵脚上看，"罗裳"二字均为平声韵，有点遗憾。

5. 善智轩

英豪荟萃乾坤壮　仁德芬芳社稷兴

当今社会，创新突飞猛进，而人才又是根本。人才人才，除了"才"，还要看这个人品德如何。这副联在强调事物的因果关系时，虽说都运用了连

绵词，但上联"荟萃"是叠韵，下联"芬芳"是双声，上下联因此而显得跌宕起伏、铿锵有力。

6. 南阙亭

春好日暖鸟声脆 夏夜风凉花径连

这副联描写的就是一幅鸟语花香、心旷神怡的美妙境况，令人神往。但这并非虚构，包括村头村在内，紫南全村在 2012 年就完成全村道路污水主干管网建设，实现管网雨污分流，成为佛山市第一个村级污水管网基本实现全覆盖和生活污水集中处理的村庄。从 2008 年至今，紫南村投入村内园林绿化建设资金逾 1.2 亿元，实施园林绿化重点工程建设项目多项，建成高水平的绿色主题公园 16 个以及 2.7 亩的湿地公园。如今紫南村人均绿化面积已达到 60 平方米。今天的紫南村，村内旧楼古屋规划有序、绿树繁花成片成林、河涌溪流清澈见底、园林景观随处可见。紫南村已然成为了一座"村在绿中、房在园中、人在景中"的"美丽乡村"。

7. 梁氏大宗祠

夏阳绵世泽 千盛振家声

"世泽"，祖先的恩惠；"家声"，家族世传的声名美誉。上联的意思是：祖先的恩惠如夏天的太阳那样绵长宏远。"千盛"，意为十分兴盛、繁盛，即家族的美誉十分盛大，名闻遐迩。

众所周知，珠三角地区不少村内至少会保存一座祠堂。然而像村头村这样仅有 300 余户人家、人口不足两千的自然村，村内却建有七个祠堂，形

成了一个独具岭南特色的祠堂群落。其中，最大的菊庭梁公祠占地面积达 1 亩。因此，村头村给人的第一印象是"祠堂群落、石桥流水、渔舟唱晚"。村头村的 7 间宗祠门前各自均有一副 5 字楹联，除菊庭梁公祠和梁氏大宗祠外，其余 5 间均采用嵌字手法。梁氏大宗祠的这副楹联沿袭了宗祠楹联的传统手法、中规中矩、简明扼要。

8. 菊庭梁公祠

紫水还金带　扶山展玉屏

上联中的"紫金"是地名，春秋时属百越地，战国属楚，秦代起属南海郡博罗、龙川两县地，隋唐为归善、兴宁两县地，宋元为归善（今惠阳）、长乐（今五华）两县地。明隆庆三年（1569 年）置永安县，属惠州府。民国元年（1912 年）属广东省都督府，民国三年改永安县为紫金县,1949 年 5 月紫金县解放，隶属于东江专区。1952 年改属粤东行政区，1956 年隶属惠阳专区，1959 年改属汕头专区，1963 年复属惠阳地区，1988 年改属河源市。据村民讲述，梁公先辈原来从紫金迁徙而来，是一名知识渊博的教书先生。

9. 南坞梁公祠

南天呈瑞霭　坞地发丁财

"瑞霭"，吉祥之云气，亦以美称烟雾，类似于祥云。这副联上下句嵌字"南坞"，强调"吉祥""发财"。

10. 邦享梁公祠

邦亭迎瑞气　享业翕春风

"翕"，音 xī，本义是闭合、收拢，可表示合、聚，和顺的意思，另也可指鸟类躯部背面和两翼表面的总称。这副联上下句嵌字"邦享"，突出"事业兴旺"。

11. 汝华梁公祠

汝基荣业秀　华岁早春融

这副联上下句嵌字"汝华"，讲求"万事胜意，发达兴旺"。

12. 南山梁公祠

南展千秋业　山发万世枝

这副联上下句嵌字"南山"，着重强调"事业与宗族兴旺"。

13. 南溪梁公祠

南地发丁财　溪水长流远

这副联上下句嵌字"南溪"，强调"事业兴旺、宗族宏大"。为突出"南溪"的先后顺序，这副联将上下句作了颠倒，

以上几间公祠楹联风格大致相同，都以5字组句，均为"2字/3字"结构，无一不采用嵌字手法，内容都歌颂祖宗的功德并企望宗族宏大、生意兴隆。

第二章 南海区

南海区，地处珠江三角洲腹地，东面与广州市毗邻，南面与佛山市禅城区、顺德区接壤，西面与江门市新会区、鹤山市、高明区隔江相望，北面与三水区和广州市花都区相邻。总面积 1073.8 平方公里。南海区地处珠江三角洲平原，间有岛丘突起。最高峰"高凹顶"，海拔 540 米。南海区曾是广东首县，秦始皇三十三年（前 214 年）置南海郡，隋开皇十年以番禺县改置南海县。南海区自古经济发达，商贸繁荣，文教鼎盛。该区创造了举世闻名的"桑基鱼塘"、"果基鱼塘"生态农业模式，是广东省著名的"鱼米之乡""纺织之乡"，也是粤剧、舞狮等粤文化的发源地和传承地之一。同时，还培育了古代文状元简文会、张镇孙、伦文叙，武状元姚大宁，近代名人詹天佑、邹伯奇、陈启沅、何香凝、康有为等。

1992 年撤销南海县设立南海市，2002 年 12 月，撤市设区。南海区是著名"广东四小虎"之一，是经济与社会和谐发展的先进城市、国家信息化示范城市、国家卫生城市、中国优秀旅游城市、全国文化先进县、全国区域技术创新示范城市、广东省教育强区。2017 年，南海区在全国百强区中位列第二。

（一）桂城千灯湖（蟠岗公园）

桂城地处南海区东部，是南海区政府所在地、佛山中心组团的重要组成部分，为南海区政治、经济和文化中心。桂城街道辖 22 个村委会，18 个居委会，总面积 84.16 平方公里，总人口约 55 万，其中户籍人口 19.8 万人，流动人口 35 万人。

桂城历史名人有：梁储，石肯村人，明代官至华盖殿大学士、太子太师，一度出任台阁首辅。庞尚鹏，叠滘村人，明代首先倡议推行"一条鞭法"税制者。

景点简介

千灯湖，南起佛平路，北至佛山水道，东、西两侧有南七、南八两条城市景观路全线贯通，东西宽约 280 米，占地约 302 亩，是全开敞式公园。公园主要由两部分组成，即千灯湖和市民广场。公园从 1999 年 7 月开始建设，到 2001 年 8 月全部建成并投入使用。工程建设投资为 1.64 亿元。公园建成后总计有 1300 余盏景观灯，千灯湖美丽的景色吸引了大批游客前来观赏，为南海区地标城市景观建设赢得赞誉。

蟠岗公园水系与千灯湖相连，形成一条完整的城市水景，实现从蟠岗山到佛山水道的完整南北水面轴线。

蟠岗山上有一座魁星阁，高踞千灯湖中轴线制高点，与北面里水展旗岗上的展旗楼遥相呼应，富有岭南特色之高阁与生机勃勃之现代元素互相辉映，蔚然大观。

楹联例说

千灯湖(蠕岗公园)楹联以魁星阁为重,内容紧扣南海和桂城历史与现实,具有蓬勃大气、文雅精确的特征。

1. 公园西门入口

①桂月多情邀客赏　城园有韵为君开

这是一副典型的七言对,2字/2字/3字结构。联句开头嵌"桂城",文字简洁,平仄工整,韵律流畅。上联"桂月"喻指月宫中的桂树。月中有桂的传说,起先并未涉及仙人。《淮南子》就只记载"月中有桂树"。因此月中仙人是较后时期出现的。月中仙人桂树并举始见于晋人记载,并不偶然。东汉魏晋时期,服食求仙之风气甚盛,桂开始由医家及民间的上药被方士们提升为仙药,为服食者所推崇,同时一些服桂成仙的故事也被创造出来。

月中仙人桂树的模糊传说后来故事化为吴刚伐桂。从时间上看,唐以前的载籍中从未提到月中有什么吴刚。吴刚伐桂故事,最早见于唐段成式的《酉阳杂俎》,段说此故事是他得自"异书",此异书,可能为道家术士所著。

因为"桂城"地名之故,这副联巧借"桂月"与下联"城园"配搭,创设出一个优美的意境以吸引游客到此休闲游览。而非常有意思的是,千灯湖至今免费对外开放,这副"古"楹联当年也许是"无意插柳",不想如今却成了"有心栽花",显得十分贴切。

②爽气西来开胜景　祥云环绕护芳园

此联刻写于西门背面,既与正面联呼应,又突出"西门"特色。

2. 魁星阁

①登斯楼忆千载文星同斗列　观岭海接四时紫气逐潮来

千灯湖之魁星阁乃南海桂城景物,桂城乃南海区委、区政府所在地。历史名人诸如梁储、庞尚鹏、林世荣、林超群等均出自桂城。站在魁星阁楼顶向四周远眺,不仅千灯湖的景色尽收眼底,整个桂城,远至禅城的城市景观也一览无遗,远眺之下,与北面里水的展旗峰遥相呼应。这副联以3字/5字/3字结构组合,古今衔接,显得磅礴大气、高昂向上。

② 寰海波澄放眼东方腾紫气　满楼桂茂攀枝北斗上青霄

"紫气"，传说老子过函谷关前，关尹喜见有紫气从东而来，知道将有圣人过关，果然老子骑着青牛而来。比喻吉祥的征兆。"青霄"，即青云，宋刘克庄《送洪侍御》诗之一："青霄直上云梯易，白首能坚铁壁难。"

这副 11 字对，上句描摹大海之"阔"之"壮"，喻指南海，下句叙说桂树之"茂"之"高"，暗指桂城，契合南海及桂城的历史和现实。

③南海盛科名乡关锦绣盈车马

雷岗千气象彩笔珠玑谢北斗

"锦绣"、"车马"，指古时科举考试高中后，身穿绫罗绸缎，乘华车、驾骏马荣归故里的阵势。"珠玑" zhū jī，有几个含义：一指宝珠、珠宝；二比喻优美的诗文或词藻；三形容声音婉转、清脆；四为地名，如湖北和广东等都有珠玑。"北斗"，亦称"北斗七星"。在北排列成斗（或杓）形的七颗亮星。它们是：天枢、天璇、天玑、天权、玉衡、开阳、摇（亦作瑶）光。前四星组成斗身，称魁或斗魁，亦称璇玑。后三星组成斗柄，称斗柄或斗杓，亦称玉衡。北斗在不同的季节和夜晚不同的时间，出现于天空不同的方位，古人常根据初昏时斗柄所指的方向来确定季节，斗柄在东，天下皆春；斗柄在南，天下皆夏；斗柄在西，天下皆秋；斗柄在北，天下皆冬。古人惯以北斗的位置辨别方向。

中国是世界上天文学发展最早的国家之一，对北斗七星的观察早有记录，但七星之名最完整的记载，始见于汉代纬书。道教形成后，以北斗为天神加以崇拜，并对之作种种神学解释。

这副联的"珠玑""北斗"喻指文人高中状元后披金戴银、意气风发的样子。

据史料，崇文尚德是南海区传统。清雍正年间，广东全省有学社649所，而南海区以112所居全省第一。唐宋以来广东曾先后出了9位状元，南海区独占其3，可见其荣。本12字联叙写的就是当年南海人高度重视科举考试以及所取得的辉煌成就史实。

④魁照南天道德文明开泰运

　星辉海峤诗书教化聚英才

这副联首字嵌"魁星"，第三字嵌"南海"，取"北斗神星，普照南海"之意。

⑤一阁擎天高意扶文运　千灯照水流辉接展旗

　古时的魁星阁是蠕岗八景之一，老百姓到此阁来祭拜文曲星以求考取功名。旧的魁星阁已拆除，2012年南海区在原址上重建魁星阁。该项目2012年12月开工，2015年元旦对外开放。

新建的魁星阁建筑高度约 60 米，总建筑面积约 2900 平方米，工程总投资约 5000 万元。楼阁以中国传统楼阁为设计基点，采用基座、阁身、阁顶三段式处理。塔基座两层，为正方形，楼阁五层，各层均可观光。魁星阁立面提取西樵山奎光楼的传统符号进行装饰，采用南海本土事物设计砖雕、石雕、灰塑、彩画等传统岭南文化元素，是一座具有岭南传统特色的楼阁。它与千灯湖的现代元素相呼应，形成一种古今对话的韵味。建筑物整体强调左右对称的布局，立面造型主从配合，空间统领于南北向主轴，与千灯湖主轴线北边 12 公里处的里水展旗岗的展旗楼南北呼应，为市民提供一个展现南海历史文化、观光休闲的公共建筑。

这副 9 字联上句写魁星阁，突出其"高"可扶文运，下句描叙千灯湖，彰显其"宽"连展旗楼，上下句都采用了夸张手法。

⑥日月经天星辉南海开新宇　　山川焕彩阁对西樵集众贤

这副 11 字对采用"4 字 /4 字 /3 字"结构，音韵流畅，气势宏大。因为明清以来，西樵山名人往来频繁，所以下联用"西樵"对应上联的"南海"。此外，上下联还嵌字"星阁"，突显了自古以来南海地灵人杰的特点。

⑦五星聚奎文冠桂城风雅作　　百世垂范花生鸿笔德才兼

魁星阁各楼层均以"文"字开头的词语命名，如"文德厅""文运厅""文华厅""文昌厅"等。同时，桂城历史名人不少，诸如梁储、庞尚鹏、林世荣、林超群等。第四层，介绍桂城的"关爱"文化，让更多的人了解桂城处处弥漫友爱互助的包容情怀。第五层，"文运厅"，介绍茶基村十番非物质文化遗产，彰显桂城的历史底蕴。第六层，"文晖厅"，介绍石硔刺绣、叠滘水乡龙舟。第七层，"文星厅"，介绍平洲粤剧、三山咸水歌。从而再现蟠岗山历史文化风采，以进一步凸显桂城本土地域浓厚风味，弘扬桂城历史人文传统之品位与内涵。

（二）西樵山

西樵镇位于南海区西南部，地处珠江三角洲腹地，广东省中心镇，东邻沙头，南接九江镇，西邻高明区、三水区，东距离佛山27公里，距离广州45公里。这里是中国纺织之乡、旅游胜地，是"南海西樵山遗址文化"的发祥地、南海区的全国重点镇。西樵山素有"南粤名山数二樵"和"理学名山"之美誉，位列佛山新八景之首，历来以钟灵毓秀的自然景观和博大精深的人文景观著称，是国家重点风景名胜区、国家4A级旅游区、国家森林公园、国家地质公园。"西樵山文化"被考古学家称为"珠江文明的灯塔"。

景点简介

西樵旅游，融山水人文，南狮文化与佛、道、儒三教文化于一体，具有浓郁的地方特色。近年，西樵以创5A景区为抓手，按照"一山一区三节点"

的建设架构，以西樵山风景区为核心支撑，以官山城区、樵园旅游接待区等紧邻核心景区范围为协调区，以山南桑基鱼塘、平沙生态农业、西岸休闲旅游度假区为重要辅助节点，融入"南海文化"、文康武鸿文化的历史内涵，努力打造成品味高雅、设施高端、产品生态、品牌旗舰的国家5A级旅游景区。

西樵历史，源远流长。大思想家康有为、中国近代民族工业先驱陈启沅、一代武术宗师黄飞鸿、丹青高手黄君璧、岭南才女冼玉清等一批时贤俊杰都在西樵留下了光辉的人生足迹，为西樵的历史增添了深厚的文化底蕴。

楹联例说

西樵山因景点众多，因此楹联内容较为丰富，同时亦呈现出不同的风格特点。

1.听音湖大牌坊

山揽西樵月延文脉以聚贤奎光射斗

风萦南海音佑庶民而臻善大道通天

听音湖片区位于西樵山西北山麓，规划总面积为 3.7 平方公里，拓展锦湖湖面，湖面面积 10.6 万平方米（160 亩），听音湖新拓展湖面面积达 25.6 公顷（约 400 亩）。听音湖片区围绕樵山文化、观音文化、寻根文化三大文化理念，借助西樵山自然环境优势，结合白云洞景区、樵园接待区的改造，全面打造以樵山文化中心为核心，以有为馆、飞鸿馆、听音广场等景点为重要组成部分的文化旅游区，使之成为南海乃至珠三角的文化地标。

2014 年 8 月至 9 月期间，西樵面向全国搞了一次听音湖大牌坊征联活动，短时间内吸引了 1900 多名热心人士参与，共征集到 3800 多副楹联作品，这副 15 字楹联是在 3800 多件作品中遴选出来的，撰联者为辽宁省的赵滨。楹联作品凭借其实用性和通俗易懂的优势，获得评委的一致首肯。

上联开头的"山揽西樵月"最初为"山占西樵月"，但后来雕刻于牌坊时，考虑到"占"有点"霸道"之气，从感情色彩上看，又与"听音湖"所蕴含的主旨有差距，远不如"揽"更具人情味，因此将"占"更改为"揽"字。在联语中，"揽"可以理解为"招引"，从而突出了西樵山的高大雄伟气势。景区内的白云洞是个人杰地灵的地方，泉声如琴，松涛如韵，瀑声如潮，鸟声如雨，盛于明、清时代的西樵山书院就有 6 间之多（如今只剩下康有为曾读过书、最为出名的三湖书院）。三湖书院建于 1789 年（清乾隆五十四年），因为位居于应潮湖、鉴湖、会龙湖之间而得名。同时，景区内的字，祖庙供奉的是中华文字的创造者仓颉，奎光楼供奉的是开文运点状元，以及中国古代文学二十八宿之一的魁星神。魁星一手捧斗、一手执笔，用笔点上谁的姓名，谁就会高中状元。所以上联结尾便有"延文脉以聚贤，奎光射斗"的叙写。

据说，公元 990 年（即宋太宗淳化五年），西樵牛牯岗上建有南海观音庙，周围群众十分信奉。随着时间的推移，千年来兵战动乱，观音庙屡建屡毁。到了清朝只余残垣断壁，清末年间寺庙全毁，再经抗日战争，圣迹早已荡然无存。

如今的西樵山南海观音文化苑坐落于南海市西樵山大仙峰顶，由南海观音主体法相、圣境汇芳、圣域市肆、福寿莲池和环海镜清组成，面积 15 万平方米。所在大仙峰海拔 292.47 米，系西樵七十二峰之一，左右分别为双马峰和马鞍峰，背枕西樵最高峰大仙峰。

观音法相高为61.9米、坐姿，顶有宝珠天冠，项有圆光，弯眉朱唇，眼似双星，目光微俯，披天衣，挂璎珞，戴项饰，着罗裙，慈眉善目地稳坐在莲花台上，广视众生，显现安详凝重、救苦救难的慈悲法相。

关于观音菩萨的出身来历，在佛经中有多种说法，但在中国民间流传最广泛的，还是妙庄王的三女儿妙善公主救父而成正果的故事。

据说妙庄王生性暴戾，因妙善自幼一心向佛，不听从其婚嫁指令，于是多次对妙善责罚甚至加害。岂料那妙庄王最后突然身染恶疾，百般医治无效，这时已经修行得道的妙善公主，不计父亲种种恶行，她截挖自己手和眼睛，用来和药，才救得妙庄王性命。妙善最后乘此机为父讲说修行之道，度化其父共登天界。妙善公主因种种修行功德，最后被称为"大慈大悲救苦救难南无灵感观世音菩萨"。

下联"风萦南海音，佑庶民而臻善，大道通天"，说的是西樵山顶修建有南海观音文化苑，供奉着观音菩萨，她护佑着广大信众，并使广大信众自我完善，直至修炼成佛。"洞"者，同也。"洞天"，通天也。这里可理解为与天界往来，可以升仙。

其实，"南海音"，包含多层意思：一是指"南海梵音"。南海梵音，仙岭梵音，梵，指与佛教有关的事物。观音像坐落于大仙峰，而西樵山又是融儒、释、道于一体的名山，故曰"风萦南海音"。二是指中国南部海疆，因为当年释迦牟尼曾指引妙善："越国南海中，有一普陀岩，那儿是你修道的去处。吾将唤龙王为你化一莲台，助你渡洋而过。"于是妙善来到南海普陀岩，在那儿修行九载而得功成。观音菩萨的修行道场在浙江普陀山，其所在海域为东海，但在我国的唐朝以前，中国的政治文化中心在陕西省的西安，以西安为坐标计，现在普陀山在其南，因此，唐朝之前这一带海面就叫南海。然而，随着我国朝代的变迁，自元明清后以及到现在，我国的政治文化中心北迁至北京，从明朝始，这一带海面改名为东海。但"南海观音"叫法深入人心，所以，尽管海面易名，"南海观音"的称谓还是保留至今。三指如今观音法相所处的佛山市"南海"，因为西樵山旅游度假区本身就属南海区。

至于下联结句的"大道通天"也应为双关之意：字面上的"大道"指宽敞的道路，而更深层的意思又寓指西樵山融儒、释、道于一体的"大道"。因为道教是产生于中国本土的宗教，也是中国的主要宗教之一，奉老子为教祖，尊称为"太上老君"，以《道德经》《正一经》和《太平洞经》为主要经典，奉三清为最高的神。

这副联气韵流畅、大开大合，文字简洁而意境深美。上联描绘西樵山秀美大气、地灵人杰，下联歌颂观音菩萨大慈大悲、功德无量。这副联与桂城千灯湖魁星阁的"日月经天星辉南海开新宇，山川焕彩阁对西樵集众贤"一西一东，形成东西呼应之势。

2. 宝峰寺

①天王殿

若欲登天且试西樵峰七二　　果真向佛何愁南海路三千

西樵山宝峰寺有着六百多年的历史，为南粤四大名寺之一，是一个旅游、祈福的好地方。自晋代佛教东传，在西樵山建寺弘法的高僧就很多，到了明代香火鼎盛。宝峰寺得到惠连法师兴教弘法，颇有名气。该寺建于明永乐甲申年（1404 年），成化己亥年（1479 年）重修。古刹历尽沧桑，现仅存断墙残壁。

应社会各届之意，经省有关部门批准，易地重建西樵山宝峰寺。宝峰寺重建在西樵山石牌村蛇岗。新址南北长 180 米，东西宽 120 米，面积 21600 平方米，寺之中轴线上建山门和

大雄宝殿。大雄宝殿于2007年1月28日(即丙戌年十二月初十)举行了隆重的落成典礼暨佛像开光仪式,并正式向游客开放。大雄宝殿供奉的是三宝佛,分别为释迦牟尼佛、药师佛和阿弥陀佛。

这副联作者为周美平,书联者为叶选平。在当年"西樵山宝峰寺海内外征联"活动中,总计有来自全国及世界各地十六个国家华人的五万三千多副作品参与评选,这副联独占鳌头,荣获特等奖。

此11字联向人们展示了一幅美妙图画:西樵山有七十二峰,四十二洞,二十八处瀑布,两百多个泉眼,山峰高度多在海拔300米上下,主峰大科峰海拔344米,景色奇特,山峦起伏。楹联切时切地切景,用词讲究,对仗工整,平仄和谐,联句精辟,含义深远,"情、景、理"绝妙融合。宝峰寺的雄伟,佛家的慈善,人的智慧,问佛者坚韧不拔、忘我无私、慈悲为怀的精神尽在这短短的22字中淋漓尽致地展现出来,让人赞叹。

②莲花座上大慈大悲观自在　贝叶经中一字一句见如来

贝叶经就是写在贝树叶子上的经文,素有"佛教熊猫"之称的贝叶经源于古印度。贝叶经多为佛教经典,还有一部分为古印度梵文文献,具有极高的文物价值。贝叶经有2500多年的历史,是用"斋杂"和"瓦都"两种文字写的,有的是用针刺的。它是研究古代西藏文化、语言文字、佛教、宗教艺术等方面的重要原始资料。此联书写于寺内的展堂,纪念2008年3月29日《贝叶经》落户宝峰寺。这副联融唐代诗人钱起《紫参歌》中所述"贝叶经前无住色,莲花会里暂留香"和明代孙柚《琴心记·空门遇使》中所述"菩提树下谈玄,忘补朝阳之衲;贝叶经边入定,搜空透笋之衣"的意境,内容紧扣西樵山宝峰寺现实,特别是"大慈大悲"与"一字一句"运用,颇具特色。

③藏宝阁

千江有水千江月　万里无云万里天

这副联是境界极高的佛家偈语。前一句,月如佛性,千江则如众生,江不分大小,有水即有月;人不分高低,有人便有佛性。佛性在人心,无所不在,就如月照江水，无所不映。任何一位众生，只要他有心学佛，他便会有佛性；任何一条江河，只要有了水，它就会有明月。后一句，天空有云，云上是天。只要万里天空都无云，那么，万里天上便都是青天。天可看做是佛心，云则是物欲、是烦恼。烦恼、物欲尽去，则佛心本性自然显现。

④文殊阁

法扬南海诚心济世耀人天　福佑苍生仗剑骑狮驱鬼祟

传说中的文殊菩萨，身紫金色，形如童子，五髻冠其项，左手持青莲花，右手执宝剑，常骑狮子出入，既青年，又威猛，却是无量诸佛母，一切菩萨师。"耀人天"即在天上和人间闪耀。这副联以"苍生"对"南海"，既巧妙又自然贴切；"诚心济世"与"仗剑骑狮"状写文殊菩萨威武形象和无量功德。11字描摹，言简意赅。为突出"法""天"之尊，这副联刻意将上下句作了颠倒。

⑤大殿

宝相现庄严听百八钟声清籁空明臻妙境

峰头任缥缈观万千景象松风水月悟禅机

17字长联在佛山名胜古迹（古村）楹联中并不多见，这副联写得精妙入神、生动形象，意境也清美广阔。上下联语开头嵌字"宝峰"，其中"万千气象"对"八百钟声"描绘了一种庄严肃穆、宁静美妙的意境。浙江"梅峰寺"有一副楹联："峰顶参梅花，听来八百钟声，声声入悟；门前观沧海，看尽万千春色，色色皆空"，联中所描述的意境与此相近。

全联饱含真挚情感，描绘并突出了西樵山宝峰寺的幽美禅境，颇具引人向佛魅力。

3. 白云洞景区

白云洞创建于明代嘉靖年间（1522年~1566年），现名樵园。园之周围峭壁凌空，飞泉吐玉，亭台楼阁掩映于苍松翠柏之中。樵园后山有天湖、云路村、丹桂园等景点。东麓有石燕岩、冬茹石、响水岩等胜景。白云洞位

于山的西北麓，是西樵山36洞之一，被称为西樵山风景区的总汇，曾有"欲揽西樵胜，先应访白云"之说，历代的士大夫、文人、墨客给白云洞留下了丰富的文物古迹，如三湖书院、奎光楼、云泉仙馆、白云古寺等一批明清建筑和摩崖石刻。其中"西樵云瀑"在清朝已列为"羊城八景之一"。

①登山天门

雾锁诸峰如梦淡　扪岭一径入云深

本7字联不失为一副形象生动的写景叙事联，联语紧扣"天门"意境，突出西樵山之"高大深远"。数词"诸"和"一"恰到好处地搭配形容词"淡"与"深"，状写了一种如烟如雾、虚无缥缈的优美意境。特别是下联开头动词"扪"的运用，突出了人在山巅之上的高大形象。

②三湖书院

医国奇方芳百日

补天壮志志三湖

这是上世纪八十年代中广东著名报人刘逸生，以及原广东楹联学会会长关振东共作，国画大师关山月书写的一副7字楹联。因该书院曾出过林则徐、康有为两位风云人物，此联写的百日维新

代表人物康有为。关于这副楹联，有两种截然相反的看法。

一、肯定者认为：

两位岭南才子创作的这副楹联很好，既饱含了对戊戌变法的崇敬、惋惜，也为戊戌变法志士的志气所敬仰。上联赞百日维新，虽然是一百日，但在历史上留下了光辉的轨迹。下联赞颂了那批志士的志气可嘉，尽管失败了，但他们志气长存，他们的业绩留在了三湖书院，他们的志气装满了西樵的三湖。所以，这副楹联定题比较好，用词结构都比较好。写作特点是，上联用了两个同音的"方（芳）"字，下联用了两个同音的"志（誌）"回应。前面的"方"是名词，后面的"芳"是形容词作动词用。下联的"志"是名词，第二个"誌"作动词。用同音字，同音不同词性，不同词意，读起来令人印象深刻，有加强语感和加重递进的作用。

二、否定者则认为：

众所周知，当年以康有为为首的戊戌变法(1898年6月11日至9月21日)虽只有103天，史称"百日维新"，但其影响是深远的，可以说是"百日维新芳百世"，以"芳百日"称之显然不妥。当然这绝不是作者本意，只是没仔细推敲误用了一个"芳"字，造成误解。"芳"的误用源于《医国奇方》的"方"，作者可能是想运用同音词（"方"与"芳"）词义别解以出新意，不意本想歌颂"百日"却困扰了"百日"。受此影响，对句"补天壮志誌三湖"也出了问题。因壮志的"志"与"誌"并不是同音词，志，是个多义的兼类词，按辞书解，志向的"志"是名词，记载的"志"是动词，二者是音同形同而义不同的同音字，而"方"与"芳"是音同形不同义亦不同的同音字，为改变字形而对仗，作者将"志"写作"誌"，以为"誌"是"志"的同音不同形亦不同义的同音词，其实错了。"誌"是作记载解的"志"的异体字而不是同音字。在古代，有些字有不同写法（多至三四个），如辭、辤，繁、緐，哄、閧、鬨等等。志、誌是一字异体，故古代志书有写作某某志或某某誌的，都可。我国汉字规范化规定，所有异体字只通用一个，余皆淘汰废止，不再通用，对句中用了"志"的这个异体字"誌"，于词义无补，于汉字使用规则也相背离，显然不妥。作者或许以为"誌"是志的繁体字，更不对，"志"

为本体，哪个"志"也没有繁体，书法也不能以"誌"为"志"之繁体而用之。鉴于该联出句对句都存在问题，建议还是不用的好，流传下去肯定不是"流芳"而是留谬了，也不会"联捧西樵山"更不能联捧康南海！

其实这副楹联如改作：

> 医国奇方方百日
> 补天壮志志三湖

就不存在以上问题了，而"方""方""志""志"连用，还都是同音词转类（名转副，名转动）别解。方（"方""才"，副词）百日，让人叹息又让人留连而永世不忘。

③湖山胜迹

此间秘锁嫏嬛探宝书几重册府

此外别无蹊径登道岸不二法门

此为云泉仙馆道长周元咏书写的一副 13 字联。周元咏是南海盐步人，清末举人云泉仙馆的道长。上联"此间秘锁嫏嬛"的"此间"，即"这里"，就是指云泉仙馆，指白云洞整个景区。把景区作为一个门口，门关上了，就把整个景区封锁了。"嫏嬛"原意是帝王收藏书籍的地方，属皇家图书馆。这里可以有两种含义：一个是云泉仙馆收藏道教书籍的地方；另一个是由于湖山胜迹是整个景区的大门所在，里面收藏了景观，收藏了仙境。是这座牌楼挡住封锁了，要经过牌楼的大门，才能够去参观、欣赏神仙般的景区。从实际意义上分析，后者之意更为好些，不光是收藏了道家的典籍，还收藏了西樵的仙境。所有的景观都通过这个大门去欣赏。上联第二分句"探宝书"，"探"是"探求"、追求追寻之意。"宝书"指道教经典著作。册府者是皇家、帝王收藏书籍的地方，等同于皇家图书馆。这里由于是道教收藏书籍的地方，是吕洞宾收藏书籍的地方，所以，你要去到收藏道教典籍的书库，要经过一重又一重的山门，才能够到达书库。上联给大家一个神秘的感觉，无论你是去探求长生不老的、得道升仙的典籍，或者是去欣赏仙境的景观，都要经过这座大门，这是上联表达的意思。

下联"此外别无蹊径，登道岸，不二法门"。"此外"就是初次之外的意思。"别无蹊径"，"别无"就是再也没有；"蹊径"就是路。出了这里，其他地方再没有道路好走。什么路呢？登道岸的路。"道岸"是儒家语，道路的尽头，这里也就是指觉悟之路。"彼岸"，是对岸，过去之后就成了佛，成了仙。"不二法门"也是借用佛教语，是指直接进入不可言传的法门。无法用语言来说，只能用自己的心去感悟，才能够入道。"不二法门"也可以理解为独一无二的法门。其意是：你要修道成仙，你要入道、开悟、感悟，只能够走这条道路，认真去学习，在云泉仙馆里修心养性，只有这样才能够得道。这条就是唯一的道路，没有第二条捷径可行。作者把湖山胜迹这个门楼作了一个引申和联想，体现了门的重要性。

④云泉仙馆之一

云里飞泉湖中胜景　　仙人旧馆阆苑新宫

西樵山白云洞景区的云泉仙馆，是岭南道教文化的代表地之一。这副楹联的作者叫做黄恩彤，是山东宁阳人，清末大臣。他在五岁时能做到过目不忘，有神童之称。十五岁时得县试第一名、秀才第一名。二十一岁考中举人；二十五岁考中进士，官至两广巡抚，正二品官员。他任两广总巡抚时来到云泉仙馆，为云泉仙馆留下了这副楹联。仙馆里面供奉着八仙之一——吕祖吕洞宾，因而成为岭南道教的一个名胜景观。云泉仙馆建于明朝嘉靖年间，在清乾隆年重建。由于云泉仙馆所处西樵山白云洞中，面临三湖，周围青山环抱，景观非常优美，十分有灵气、仙气，是一个不可多得的胜景。所以有人称，云泉仙馆是"第一洞天""无双福地"，是道教修行的一个非常理想的好地方。

上联"云里飞泉湖中胜景"，联文写的是景。"云里飞泉"就是云泉仙馆旁边有西樵山一大景观"飞流千尺"。这个景观是瀑布从空中倾泻而下，很是壮观，好像是从云里飞泻下来。有千尺那么高，当然这是文学上的浪漫、夸张、比喻的手法。"壶中胜景",这个"壶"在道教中将修炼的地方称为壶,也把它作为酒壶、茶壶。有一谚语为"壶中日月长",这里特指道教清净无为之地,其修身养性的日子,就像壶中的日月,很长很长。这个修炼的地方就是"壶中胜景"。因此,白云洞的云泉仙馆就是一个"壶中胜景"。

下联"仙人旧馆阆苑新宫",叙写云泉仙馆曾是神仙居住的地方,也赞赏了今天这个寺观经过修缮,面貌如新,保护得很好,既是对新宫的赞美,也是对道众的表扬。

从词性对品和结构对应来看,上下联均采用句中自对。上联"云里"对"湖中",是偏正结构相对。"飞泉"对"胜景",也是偏正词组相对。上联也可以分句自对,"云里飞泉""壶中胜景"属偏正结构的分句相对。下联"仙人"可以对"阆苑",属偏正词组相对。"旧馆"与"新宫"也是偏正词组相对。同样可以作为分句句中自对。"仙人旧馆"和"阆苑新宫"属于偏正结构分局相对。所以,这副楹联的一大特色是当句自对,既可以看成是词组当句自对,也可以看成是分句当句自对,对得很工整。

⑤云泉仙馆之二

第一洞天无双福地　飞流千尺明月三湖

本 8 字楹联所指的地方到底是在哪里?为什么能在洞天之中排名第一、福地之中也排名第一呢?"第一洞天"是西樵山白云洞景区的景观之一。"洞"者,同也。"洞天",通天也。这里可以与天界往来,可以升仙。吕祖吕洞宾当年就是在山洞中修炼,才得以通天成仙,成为八仙之一。第一洞天,云泉仙馆,是道教修炼的场所。仙馆供奉着吕洞宾的神像。吕洞宾是八仙之一,云泉仙馆原来有很多的书院,聚集了不少远近的名人来这里谈事论对,更吸引了远近的向道之人来这里修道。"第一洞天无双福地""飞流千尺明月三湖",这副楹联就挂在西樵山白云洞的云泉仙馆里,楹联的作者是西樵大桐堡乡贤傅日鉴。他善书法,精诗对,名闻乡里。

上联的第一句就是说明了西樵山的一个景"第一洞天"。山门之外,石牌坊上，也写有"第一洞天"。第二句"无双福地"。"福地"和"洞天"一样，都是神仙居住的地方，都叫福地。"无双福地"就是第一，而且没有第二。全国最有名的福地有七十二处，可惜西樵未被列入其中。那么"洞天"在西樵的排名也没有份，但是作者傅日鉴认为：西樵虽然在排名中既无"洞天"又无"福地"，但他依然认为所排出的"福地"与"洞天"都比不上西樵！

下联"飞流千尺明月三湖"。"飞流千尺"与"明月三湖"分别描述的是西樵山的两个景观。山中的瀑布落下来，看上去好像是千尺那么高。这是夸张的虚写，浪漫的写法，不一定有千尺那么高，但是很高，好像是垂帘一样形成瀑布，是西樵山白云洞的一个很有名的景观，叫"飞流千尺"。下联的第二分句"明月三湖"，"三湖"就是云泉仙馆旁的会龙湖、应潮湖和鉴湖。连着阶梯形的三个湖，把山间的泉水储蓄起来，景观非常优美！这里的"明月三湖"既可以说是月亮照在 三湖之上，也可说是三湖装满了月光。三个湖都有明月，是个很幽静的景观。

上联作者从对云泉仙馆的推崇表达了自己的看法，认为西樵的白云洞是"第一洞天"，西樵是道教中的"无双福地"，是最好的修炼地方。下联作者写云泉仙馆旁边的景观，最具特色的是飞流千尺和三湖。通过飞流千尺给人一个很完美的享受，让人对白云洞是怎样的洞天，又是怎样的一个福地，值不值得说它"第一"，值不值得说它"无双"，很是吸引人，使人好奇，不得不来观赏。

其实，拥有"南粤名山""理学名山"美誉的西樵山，又何止"第一洞天""无双福地""飞流千尺""明月三湖"这四个景观呢？整个西樵山都被湖、瀑、泉、涧、岩、壁、潭、台点缀其间，有更多的绝佳楹联，就隐藏在这些美丽的景观之中。

⑥船厅阁

三二星斗胸前落　十万峰峦脚下生

西樵山白云风景区内有一建筑为船厅。船厅为古园林建筑的一种风格，其厅形似船状。整个船厅酷似画舫停泊在西樵山的花间树荫之下，情趣盎然。

这副联上句"星斗"泛指天上的星星。另外，星斗也比喻有超群才华的人。下联"峰峦"是指山峰和山峦。峦，小而尖的山，或连绵的山。西樵山有七十二峰。此联以夸张的手法描写出人置于天地之间，天空中的星辰落在人的胸前，大地上的山峰只能够在人的脚底生色，以此来表达人心胸中的豪迈之情。试想像，西樵山峰虽高，但不如人的高大，正所谓：山高我为峰。白云洞景区登高望远，奇峰错列，沟壑纵横，峰峰秀色，白云缭绕林间，加之瀑泉溪流淙淙作响，那是绝美胜景美不胜收。因此这楹联的下联也曾作是：千万风云脚下生。

联中"三二"与"十万"都是数词，这里是作虚数词；"星斗"与"峰峦"都是名词。"落"与"生"都是动词，"胸前"与"脚下"是偏正结构词组，"胸前落"与"脚下生"是主谓短语相对。此联可以让游人在船厅登高纵览美景时，产生心胸开阔的意境。

扬州个园也有相似楹联："三二星斗胸前落，十万峰峦脚底青。"

⑦奎光楼

万忙一息存千里　　云涌三湖达九衢

白云洞景区的奎光楼，是有名的状元楼，自清乾隆丁酉年建成以来，每年都吸引着西樵乃至全国很多学子到此参拜，祈求学业有成。

"奎光"，天上的二十八星宿之一。传说奎星的作用是管状元的，它在形象上是一边手拿着斗，一边手拿着笔，所以也叫魁斗。谁中状元，谁中探花，谁中榜眼，谁中进士，都由奎星来点名，点到哪个是哪个。奎星代表着文化、文脉、文气。西樵原来的文脉比较好，但有段时间文脉不旺，考中举人、进士的人不多。于是西樵简村的二十八户大户人家捐资，选址三湖边上，建起今天这座奎光楼，供奉奎星，以求振兴家乡的文风。据说自从奎光楼建成后，西樵的金瓯和大桐堡两村，在清朝就有三十多人考中进士、举人，整个南海在清朝同治、光绪年间，就有六十多人考中进士和举人。一时间奎光楼在岭南声誉鹊起。有那么多人考得功名，使得文脉畅通，于是大家有事没事都喜欢到奎光楼坐坐，沾沾文气。西樵每年举办多场开笔礼，也让学龄前的儿童在这里走走场，照相留念，以延续历史的文脉。

奎光楼门前的这副楹联，上有横批："万里云衢"，寓意鹏程万里，奎星高照。而奎光楼前门这副楹联，也是顺着横批的意思展开的。上下联四三式结构。上联"万忙"，即有一万种忙，在这里是虚指，说明有许多的忙。"一息"：一呼一吸为一息，时间很短。奎光楼所处的位置是白云洞口，原来的官道在这里经过，进京赴考的人也通过这里，许多人往来匆匆忙忙累了，在这里歇息一下，歇息的作用在于积累力量，歇息后可以健步走千里。这里也有更深层次的意思，有一成语"志在千里"，来这里吸取文化的养分，接受奎星的恩惠，走好读书做官之路。

下联"云涌三湖达九衢"。"涌"是指云、雾、烟、气等上腾冒出。"云涌"就是云气水气笼罩了三湖。奎光楼旁就是三湖，直观上也就是云气水气把三湖罩了起来。深层之意就是西樵山的文气，奎星的星气罩满三湖，庇荫三湖，达到"九衢"。"衢"是大道大路。"九衢"不仅仅是指九条大路，而是泛指四通八达的大路。正是西樵文化，沿着四通八达的人流，传播到整个岭南、中国乃至整个世界。

从词性品味和结构对应来看，"云涌"与"三湖"属主谓词组与偏正词组句中自对，这里就对得不太工整。

奎光楼的建造之举，以及这副楹联的深刻含义，至今依然激励着西樵无数莘莘学子勤奋学习，勇攀高峰。

4. 亦有亭

蜡屐来游高蹑云端欣得路　尘襟尽涤旷怀天外饱看山

西樵山"南海观音文化苑"出口处有一小亭，名曰"亦有亭"，亭正面石柱刻有此联。

此 11 字联，融叙事写景说理抒情于一体，上联"蜡屐"寓"休闲"，"高蹑云端"以夸张手法状山高；下联写登山体会，饱含真挚之情。除了叙事写景之外，其实上下联都含说理抒情。西樵山真的"高蹑云端"吗？未必！游一次山能"尘襟尽涤"吗？也不见得。但因"蜡屐来游"和"旷怀天外"，所以作者才有了"欣"与"饱"的感受，才有"云端"和"尽涤"豪情。

5. 岗面亭

大陆维新极目江天澄一色　行途无险纵身风雨息些时 。

西樵山东湖旁边的平岗古道有一个路边亭，叫岗面亭。亭的正面石柱上刻有一副楹联："大陆维新，极目江天澄一色；行途无险，纵身风雨息些时"。此岗面亭是罗大行先生在民国二十一年（即 1932 年）捐资兴建，西樵人何碧流先生撰写了此石柱联。此联上、下联各十一字，用四七句式结构。

当时正是辛亥革命推翻了清朝帝制，建立和推行新政，并实行"三民主义"的民国初期。"大陆维新"真是当时中国大地的新景象。作者站在西樵山东湖边岗面亭上，放眼远望，"极目江天澄一色"，江湖天空一样清澈美丽，让人欢欣、快慰。社会之变革，山河之秀丽，抒发了作者喜悦之心情。下联"行途无险"承接上联，天下太平，世界大同。但话锋一转，"纵身风雨息些时"，遇上风雨还是稍作休息。路边亭本来就是让行人遮风挡雨、小息片刻的地方。上联写社会大景象，下联写眼前的小亭，一个远，一个近，鲜明对比，主题统一，联意高雅，让人回味。

6. 碧云村的傅氏庄园

清河珠玑碧云一脉　敦义崇礼庇护众家

西樵山碧云村的傅氏庄园内傅氏宗祠的这副楹联，此联上、下各八字，四四句式结构。

　　傅氏庄园的主人是澳门赌业第一代赌王傅老榕。傅老榕是西樵山碧云村人，原名叫傅德用，在澳门开赌场赚大钱后回乡建了此庄园。"清河珠玑"，"清河"是傅氏的望都，即是氏发源地。"珠玑"意即优秀杰出之人才，傅氏资清河发源后，有众多优秀人才。"碧云一脉"，碧云村傅氏与清河同属一脉或清河派衍了碧云村傅氏一支血脉。"敦义崇礼"，"敦""崇"之意均为推崇，"义""礼"是儒家的道德思想之一。做人处事要崇尚礼义。"庇护众家"，意即庇护傅氏的族人。上联讲述傅氏的发源，下联教育族人要敦崇仁义礼教，荫护后人，是一副传统意义的宗祠联。

7. 黄飞鸿狮艺武术馆

飞腿降枭狮艺神砣称泰斗
鸿怀济世忠肝义胆仰忠师

　　此联是西樵镇西村黄氏宗祠前"黄飞鸿狮艺武术馆"门联，由广东楹联学会副会长郭集展撰写，系为纪念一代武术宗师黄飞鸿创作的，用鹤顶格的形式，上、下联首嵌入了"飞鸿"两字。

　　黄飞鸿祖籍西樵镇岭西禄舟村，是闻名于世的一代武术宗师，是西樵的骄傲，也是西樵山的一张名片（相关身世前文有介绍）。"飞腿降枭"，黄飞鸿有佛山"无影脚"之称，腿功了得，降服恶枭。"狮艺神砣称泰斗"，狮艺之高超，神砣之绝世堪称武林泰斗。"鸿怀济世"，鸿者大也，博大的胸怀，救济需要帮助的人。"忠肝义胆仰忠师"，黄飞鸿除武艺高强外，还开设医馆施救穷人，为人处世忠心耿耿，仗义行事，是受人敬仰的宗师。上写黄飞鸿的艺，下联写黄飞鸿的德。

8. 岭西禄舟村黄君璧纪念馆

结交天下贤豪士　长做烟波江上人

此联是黄君璧先生亲手撰书的。每联七字，全联十四字，四三结构。

黄君璧是西樵岭西村人，生于1898年，卒于1991年，是中国近代著名的国画艺术家、教育家。擅长画山水，传统功底深厚，经历了现代中国画继承、演变、革新的过程，兼通西画。与张大千、傅心畬被称为"渡海三家"。黄君璧自撰此"结交天下贤豪士"，表明作者处世之态度，愿与天下贤能豪杰相交。"长做烟波江上人"，作者游遍名山大川，得天地之灵气，聚日月之精华。作烟波江上人，不断创新。上联写作者处世的态度，高雅高品位。下联写作者从艺之路，要创新，不固守。可谓一生的写照。

9. 蟠龙洞龙母庙

龙性真诚威灵四海　母恩广大德被群黎

西樵山蟠龙洞里有一龙母庙，建于民国二十七年（1938年），是"允意堂"所献，1984年、1999年、2004年曾维修。庙坐东向西，建筑群面积404平方米，砖木结构，琉璃瓦，顶属硬山，脊饰陶塑二龙争珠，绿釉花贲勾头、滴水剪边，檐口饰木雕花草图案，方砖地面。龙母庙隐于绿荫中，庙前有亭和平台，中缀鱼翅，可息可望，环境清幽。

此联作者是梁鸾仓（1876-1946年），字紫笙，南海西樵杏头人。早年师从康有为，后留学日本，曾出任广东花县县长，精古文书法。他心系邻里，情牵家乡，在修建龙母庙期间，他捐资并写下此联。现杏头村中旧"乡约"就是他亲题字。

上联中"龙性"，龙是传说中一种蛇形、躯有鳞、有角的神异动物。龙性指性格倔强、坚贞不屈。"真诚"即真切、坦诚，真心实意，坦诚相待。"威灵"指神灵的威力。"四海"指全国各地，也指全世界各处。此处写龙性之威，龙如果受驯服点化，它的本领足可以镇住五湖四海的邪恶。

下联"母"，母亲也，"恩"是恩德，恩惠。"广大"是宽广。《佛说父母恩重难报经》母之十恩：怀胎守护恩；临产受苦恩；生子忘忧恩；咽苦吐甘恩；回干就湿恩；哺乳养育恩；洗濯不净恩；远行忆念恩；深加体恤恩；究竟怜愍恩。"德"指人们共同生活及行为的准则和规范，品行，品质。"被"，覆盖。"群黎"指万民、百姓。下联赞母恩之德，母爱的伟大，她的恩德能够像被子温暖所有人民。

西樵地处西江流域，上联点出龙性之威，意指西江，传说它是金龙下凡，桀骜难驯，常年黄浪滚滚，水患常生，百姓苦不堪言。母指温氏，居住在西江边，修河道、筑堤坝。她治河有方，等于是安抚了金龙，造福了两岸百姓，温氏被西江流域的百姓们尊称为"龙母"。上下联运用了夸张、拟人的手法，吐尽人们对龙母的感恩及赞颂。

庙联多以标榜神恩、宣扬道义、祈求庇护为主。现在官山的新风路段也建有潮水庙，两庙均反映了人们祈求风调雨顺、国泰民安的祈愿。（这副联评说：南海西樵 吴燕群）

10. 琴头亭

驻琴头志在高山流水　朝月阁境开福地洞天

此联为黎简题写。黎简，字简民，号二樵，广东顺德县弼教村人，清代乾嘉年间岭南著名诗人、书画家。乾隆五十四年拔贡。诗画书称三绝，诗学李贺、黄庭坚，苟求新颖，书得晋人意。性喜山水，与张如芝、谢兰生、罗天池并称为粤东四大家。琴头亭在碧玉洞景区，在云崖飞瀑北下，经石燕崖，便可行抵琴头亭。碧玉洞有西樵最大的瀑布——玉岩珠瀑，为古代28景之一，人称"樵山第一瀑"。

此联共18个字，上联中"高山流水"含有俞伯牙钟子期的故

事，比喻知己相赏或知音，也比喻乐曲高妙。高山流水又是千百年来人与人之间的深厚感情和友谊的象征。在琴头亭处可以观赏西樵山瀑落水花，状如珠飞玉洒。浪花激溅翻飞，鸣声入耳，山林树木，郁郁葱葱，如入仙境一般，一种奇妙的感觉油然而生，耳边仿佛响起了大自然那和谐动听的音乐。美景是令人涤心忘情的美，是引人冥思遐想的美。下联中"福地洞天"，多指神仙住的地方，亦比喻风景优美的地方。西樵山状若莲花，仙气融融，山中有峰，峰下有洞，洞乃山谷，洞里儒释道三家聚集，一派仙家灵气，是人间难得的福地。

联中"驻"和"朝"为动词。"驻"的意思是停留，指停留在一个地方；"朝"的意思是向着对着。"琴头"与"月阁"是名词相对。上联的意思可以理解为停在琴头亭那儿听见瀑泉声如琴音美妙，令人产生期待遇见知音人的期盼。下联可以是向着月亮想象西樵山是神道居住的名山胜地，游人居于此修炼或登山请乞，就可得道成仙。此联秒在联想的拓展，上联由琴想到乐曲，进而赞美乐曲，同时言志；下联借月引伸，赞颂环境。

（三）上金瓯松塘村

村况简介

松塘村倚岗列建,百巷朝塘,自然环境优美。以"奉直""培元""致和""忠心"等古老坊巷为肌理,为数众多的宗祠家庙、家塾书舍、镬耳屋民居、古井古树等点缀其间,构成完整的历史风貌。村中传统建筑规模达20275平方米,代表性建筑有"区氏宗祠""六世祖祠""见五大夫祠""东山祖祠""樵侣祖祠""明德社学""养正书舍""培元书舍""汇川家塾""孔圣庙"等。村中历史建筑充分体现了岭南建筑艺术的"三雕一塑"风格,具有较高的历史艺术价值。

松塘村文风鼎盛,人才辈出,仅在明、清两代,考取进士者五人,行伍出身而晋身府台者一人,考中举人以及获颁优贡者近二十人。其中,区玉麟、区谔良、区大典、区大原四人入职清代翰林院,故松塘村有"翰林村"之美誉。至近代,又有革命先驱区梦觉等。这些历史名人的府第、故居都保存完好。较著名的有区大原故居"司马第"、区大典故居"太史第"及区梦觉故居"光荣之家"等。村内还保留了一大批文辞隽永、内涵丰富的精妙古联。门楼巷名、村训格言,历代公益善举之引文、碑铭,以及赋咏松塘古八景的《松塘古名胜纪》等古人的翰墨瑰宝,保存完好。

西樵松塘村是"中国历史文化名村"和广东省首个省级摄影创作基地。村中镬耳大屋群落、夹板泥墙古屋等传统古建筑完好程度达到80%。宋以来,从南雄逃难迁至岭南水乡的区氏先人在松塘繁衍近800年。这个常住人口不足2000人的村庄,从明朝出了一位翰林院学士开始,在明清两代至少走出了4位进士、7位举人,其中3人进入翰林院。因此,松塘被人誉为"翰林村",闻名遐迩。

楹联例说

①入村大牌坊

松茂枝繁溯本探源百代珠玑传奕叶

塘深水秀扬清激浊千秋风雨育鱼龙

本15字联以比喻手法总括叙写松塘村的历史事实。上下联首字嵌"松塘"

二字,运用得巧妙而自然,不着痕迹。上联"松茂枝繁"是主谓词语的联合结构,属联中自对;"溯本探源"是动宾词语的联合结构,也是联中自对。下联的"塘深水秀"(平平仄仄,主谓词语的联合结构)和"扬清激浊"(平平仄仄,动宾词语的联合结构)与上联相同,同位自对。上联交代区氏宗族西迁繁衍,下联点赞区氏人才辈出,短短30字,简明生动地表现了松塘村区氏的往昔今朝,算得上是一副叙事嘉联。

②区氏宗祠
华山乔木千章秀　春水支流万派同

松塘村现有1600多常住人口,都为区姓。史料载:"太始祖,宗儒士,讳璧,号桂林;祖妣李氏。世居珠玑巷,生终年寿葬地,俱不可考。子嗣五人。宋咸淳九年,因南雄保昌县牛田坊,流言坐迁胡妃之罪,磕方逃避。我松塘房始迁祖,身为家长,偕弟侄五人,由南雄絮家徙至广州府南海县讲捕司樵山之西一十里上金瓯堡,择地依凄,命其乡之总名曰区村,分住五房,以便耕作……"

上联用五岳暗喻始迁祖五大房。"千章秀",是寄望宗族繁衍,生生不息,各自精彩。

下联"春水"是指春天的河水,"支流"是从干流分出的河流,"派"这里是支系的意思,"万派"指很多支派,都是同脉同源在一起。意思是春天的河水分流,大大小小的支流流向四面八方,生生不息,同润万物。联用万派同源暗喻松塘(里)本身,且不说今日和昔时松塘,舟华,圣堂三个"里"为行政一体的松塘村。仅就往日的松塘里而言,单是二世祖之一的祖达一支,从六世开始已派生出孟、仲、季三房。从此,又各自繁衍,至今居乡者已"代传廿八"——繁衍至第廿八代。此外,三个房的后裔还有或开支或迁居或流寓各地。

楹联以千章万派的夸张手法,涵括出了松塘各房分支繁衍生生不息,如片片连绵繁荣竞秀之华山乔木,如一泻千里分支万派之春水,同本同源这样的一个意境,深沉含蓄旷远高瞻。

③松塘第一门

鼎安春暖金鳞跃　福地风和玉翮翔

本 7 字联融叙事、写景、抒情于一体，"金鳞"代指水中鱼，"玉翮"代指天上鹤，形象生动地讴歌了松塘村天地人和的吉祥景致，给人以乐在其中的感觉。

④东山祠

推尊八世　享祀万年

松塘村区氏自宋理宗(公元 1225-1264) 年间，始祖区世来(宋朝儒士区桂林之子)于广东韶关南雄珠玑巷南迁至此，至今已有近 800 百年历史，本 4 字联叙写的就是这一史实。

从音韵上看，上联"推尊八世"为"平平仄仄"，下联"享祀万年"为"仄仄平平"，对应得十分工整。

⑤汇川家塾

崇文大志前途远　为学坚心进步多

汇川家塾建于清光绪三年，取海纳百川之意。为对应上联"大志"（偏正结构的名词），撰联者故意将"艰辛"改为"坚心"，很好地表述了"要实现远大抱负，必须要信念坚定，不懈努力"的主题。

⑥见五大夫祠

滇黔名宦传桥梓　偏检同科有棣华

区庆云，孟房12世孙，字见五，明万历三十四年（1606年）丙午科第四名经元，云南顺宁府同知，历署五州二府七厅，诰授奉政大夫。本7字联以十分真挚的感情和平易通俗的手法，歌颂了区庆云的不平凡的业绩。

⑦翰林牌坊

古来数百年世家无非积德　天下第一等事业还是读书

这副联据说原为翰林公区谔良手书墨宝。区谔良，松塘村人，清同治十年（1871年）进士，曾以随员身份出使过美国、西班牙、秘鲁三国。1883年与康有为联合创建"不裹足会"。

本11字联算是与入村大牌坊遥相呼应的一副佳对，联语以议论抒情方式赞美了松塘村的传奇史实，特别突出了"积德""读书"之重要，楹联所表现的主旨与当下传承中华民族的优良传统文化的现实极其吻合。

⑧桂子飘香钟翰墨　名人接迹盛衣冠

"钟翰墨"即喜爱读书。"盛衣冠"指非常注重文明修德。松塘翰林牌坊乃学子之"龙门"，由青云路与孔圣庙相连。寓意拜孔圣庙，步青云路，登翰林门，成"翰林学士"。

（四）简村陈启沅纪念馆

陈启沅（1834-1903），名如琅，字芷馨，号启沅，又号息心老人、息心居士，西樵简村岗头人。少时按先父"乐耕"遗愿，随兄以养鱼、种桑、养蚕为业。陈启沅从小眼力超凡，远至四五里之遥的行人服饰能分得一清二楚，即使深夜在暗室之中也能分辨五色，能在一麻将子上刻写百余字，在一折扇上写完《字汇》。因其在众兄弟姐妹中排行第七，视力又超凡，故常被乡人称为"鬼眼七"。

清咸丰四年（1854年），陈启沅曾远涉越南，在堤岸经营丝绸庄，兼及他业，不久成为巨富。期间拓展业务，行迹遍及南阳各地。后来他见到外洋机械缫丝远远优越于中国手工操作，立志把现代先进的缫丝技术带回祖国，以改变家乡生产的落后状态。通过多年的明察暗访、悉心研究，终于掌握了缫丝机的制造和操作之法。同治十一年（1872年）回国，返回家乡简村。同治十二年（1873年），他创办了我国第一家民族资本经营的机器缫丝厂——继昌隆缫丝厂。开办不足一年，即发展成为可容纳女工600多人的工厂。由此，他成为中国第一位采用机械缫丝新法，并使中国缫丝业从手工

作坊走向企业规模化管理，机械化生产，掀起了纺织业的第一轮工业革命带路人，他振兴了中国的缫丝业。他创办的继昌隆缫丝厂，采用自己设计的机器缫丝，俗称"丝偈"。同时也带动了我国蚕桑业和缫丝业的迅猛发展。(本资料来源：南海西樵 林兆帆)

村况简介

西樵山下的简村，是广东省历史文化名村，建有陈启沅纪念馆。

楹联例说

桑葳荣梓里　蚕壮富丝乡

此联是五言联，采用二三结构句式，用鹤定格将"桑"嵌入上联第一个字，将"蚕"嵌入下联第一个字。从楹联的词性对应上来看，联中"桑葳"与"蚕壮"属主谓词组相对。上联的"桑"是名词；"葳"是形容词，形容草木旺

盛，"桑葳"是指桑长得很好，很茂盛，叶壮枝粗。"蚕"是名词；"壮"是形容词，说蚕长得非常好。楹联中"荣"与"富"，属于动词相对，"梓里"与"丝乡"属偏正词组相对，楹联的词性对品结构对应工整。"荣"是形容词，这里作动词用，"梓里"是乡里，"梓"是一种树，桑梓桑梓，家乡或故乡，桑生长得非常茂盛，使故乡繁荣，这是上联的意思。下联"蚕壮富丝乡"，"富"是形容词，这里也作动词用，使富"丝乡"，蚕丝的故乡，缫丝的故乡，也就是简村。上下联虽然只字不提中国机器缫丝之父陈启沅，但是却字字句句都与陈启沅有关。上联写种桑丰收，下联写育蚕高产，种桑育蚕富了梓里，富了家乡。缫丝产业怎么来的呢？就是陈启沅引进的。既然是陈启沅纪念馆，而且选定的题材是桑蚕，因此，作为纪念馆的楹联是最贴切不过了。

"桑葳荣梓里，蚕壮富丝乡。"这联文区区十字就高度概括了陈启沅立志把先进的缫丝技术在祖国生根开花，以改变家乡缫丝生产的落后状态，要"荣梓里"，要"富丝乡"。这副楹联是陈启沅纪念馆的画龙点睛之作，楹联引申的故事精彩纷呈，妙联生辉。也彰显了陈启沅对中国民族工业做出的巨大贡献。几经奋斗，陈启沅成为了中国第一家民族工业的创始人。

（五）崇南三多村

村况简介

崇南社区地处西樵镇的东部，与西樵社区、联新村、大岸村毗邻，面积6.02平方公里，辖下26个村民小组隶属于7个自然村，常住户1991户，常住人口6599人，流动人口约3000人。

紧靠龙湾基的三多村，村里多为梁氏。据三水岗头梁氏族谱记载：三多梁姓祖先梁庭山，祖父名勋，字子美，南宋时因胡妃事件迁居南雄珠玑巷。父德明，在珠玑巷出生。庭山于南宋绍兴元年（1131）南迁新会。后再移居吉利上村。其子丽泉公迁三多至今已近300载，现有常住人口近200人。

楹联例说

1. 三多村活动中心

青史潜心诚信礼恭承五福　　云天奋志德才仁义谱三多

联上牌匾是"齐贤楼"，由西樵籍书画家陈永锵先生撰，广东省书法协会会长张桂光先生书。

上联"青史"，因古时用竹简记事，所以后人称史籍为青史。"潜心"是用心专一、深沉。"诚"是一个形声字，从言、从行，意味对待人们要诚实讲信用，不搞鬼鬼祟祟的把戏和阴谋诡计。"信"，是做人的根本，是兴业之道，治世之道。守信用、讲信义是中华民族公认的价值标准和基本美德。"礼"与"仁"互为表里，仁是礼的内在精神，重礼是"礼仪之邦"的重要传统美德。"明礼"从广义说，就是讲文明，从狭义说，作为诗人接物的表现，谓"礼节""礼仪"。作为个体修养涵养，谓"礼貌"。这些已经成为一个人、一个社会、一个国家文明程度的一种表征和直观展现。"恭"，谦逊有礼貌。"承"是继承是敬奉，恭敬奉行。"五福"是名词，原出于《书经》和《洪范》。是古代汉族民间关于幸福观的五条标准。五福的第一福是"长寿"；第二福是"富贵"；第三福是"康宁"；第四福是"好德"；第五福是"善终"。上下联劝勉后人，潜心研读青史，做到诚信礼恭承五福。

下联"云天"指云霄，高空。"奋志"指奋发的心志。"德"是品德。"才"是才能。"仁"不仅是最基本的、最高的道德目标，而且是最普遍的德行标准。以仁为核心形成的古代人文情怀，经过现代改造，可以转化为现代人文精神。"义"与"仁"并用为道德的代表。"义"是人生的责任和奉献，至今仍是中国人崇高道德的表现。"谱"是创造，值得记载的事物。"三多"古时是祝颂之辞，指多福、多寿、多男子，这里指三多村梁家。下联的意思是做人要志存高远，修身立德，实现人生的价值，创造谱写三多村的辉煌。

此联联意包含了三多村后人对前辈的敬谢，也是对子孙的教诲。它是三多村热心村民共同创作的，不难看出，作者们的创作用心良苦！

2. 梁氏宗祠

①祖德绵长百代共荣昆仲谊
####　祠堂重建三多共庆桂兰坊

首先，上联"昆仲"，也即"伯仲"，下联"兰桂"，"兰"和"桂"皆有异香，都是指长幼兄弟关系，俗称为"兄弟"，常用以比喻美才盛德或君子佳人。其次，"兰桂"还可用来比喻子孙。"桂兰坊"，有时也叫"兰桂坊"（取其兰桂腾芳之意）。因为上联"谊"指的是兄弟情谊，下联的"坊"，其实改为"芳"，取"芳香"之意也不错。

此联以"三多"对"百代"，上联赞美梁氏家族团结和睦，绵延百代；下联肯定重建祠堂的子孙们功德无量。

②夏阳景泰齐家爱国时怀新里思康祖
####　安定繁荣同气连枝共仰上村念庭山

"康祖"原是陕西彭城人，忠君爱国，此处应指梁氏祖先。"庭山"，指三多村梁姓祖先梁庭山。这副15字联以"爱国""安定"为题，在宗祠楹联中较为少见。

③**积仁善以蔚家风乡国早蜚声望族源流洪久远**

厚亲贤宜继祖武业勋同致力名宗世代共荣康

这副 19 字联取"长长久久"之意，强调只有"积仁善""厚亲贤"，才能族旺人康，长盛不衰。

④**奉天地君亲师为尊子孝孙贤家兴族盛**

循仁义礼智信作序枝繁叶茂源远流长

上联的"天地君亲师"，为中国民间祭祀的对象，很多地方都设一"天地君亲师"牌位或条幅供奉于中堂，为古代祭天地、祭祖、祭圣贤等民间祭祀的综合，也是传统敬天法祖、孝亲顺长、忠君爱国、尊师重教的价值观念取向。

"天地君亲师"思想发端于《国语》，形成于《荀子》，在西汉思想界和学术界颇为流行。明朝后期以来，崇奉天地君亲师更在民间广为流行。

祭天地源于自然崇拜，中国古代以天为至上神，主宰一切，以地配天，化育万物，祭天地有顺服天意，感谢造化之意。祭祀君王源于君权神授观念。由于在封建社会君王是国家的象征，故祭祀君王也有祈求国泰民安之意。祭亲也就是祭祖，由原始的祖先崇拜发展而来。

"天地君亲师"是传统社会中伦理道德合法性的合理依据，由于深入人心，对民众的物质生活和精神生活各方面都产生巨大影响。

下联的"仁义礼智信"为儒家"五常"。孔子提出"仁、义、礼"，孟子延伸为"仁、义、礼、智"，董仲舒扩充为"仁、义、礼、智、信"，后称"五常"。这五常贯穿于中华传统伦理的发展中，成为儒家思想价值体系中的最核心因素。三字经提到："曰仁义，礼智信。此五常，不容混。"

这副 16 字联主张尊师敬祖，讲仁义礼智信，此乃家族兴旺根本。

（六）丹灶康有为故居

丹灶镇位于南海区西部，周边与狮山、南庄、西樵、西南、白泥等镇相邻。2005 年初南海进行区域调整，原丹灶镇、金沙镇合并组成了新丹灶，总面积达 143.48 平方公里，下辖金沙办事处、4 个社区居民委员会和 27 个村民委员会，总人口超过 16 万。

景点概况

康有为故居原名"涎香老屋"，坐落于佛山市南海区丹灶镇银河乡苏村，清代民居建筑，为一厅、二廊、二房布局，硬山顶，故居面积 81 平方米，是一座典型的珠江三角洲清代农村住宅形式——"镬耳屋"。"涎香老屋"始建于清代中叶，至康有为时，康氏家族已在老屋住了五代人，故康有为故居称之为"百年旧宅"。康有为故居是康有为出生及幼年生活和读书的地方，有"涎香书屋""澹如楼""七桧园"和康有为中进士时所竖立的旗杆夹石。

康有为像

楹联例说

1. 康氏宗祠

①南海衣冠　西樵阀阅

康有为（1858 年 3 月 19 日—1927 年 3 月 31 日），又名祖诒，字广厦，号长素，又号长素、明夷、更甡、西樵山人、游存叟、天游化人，晚年别署天游化人，广东南海人，人称"康南海"，清光绪年间进士，官授工部主事。出身于士宦家庭，

乃名门望族，世代为儒，以理学传家。近代著名政治家、思想家、社会改革家、书法家、书学理论家和学者。他信奉孔子的儒家学说，并致力于将儒家学说改造为可以适应现代社会的国学，他曾担任孔教会会长。1898年领导"戊戌变法"失败后，流亡国外。主要著作有《康子篇》《新学伪经考》（陈千秋、梁启超协助编纂）《春秋董氏学》《孔子改制考》《日本变政考》《大同书》《欧洲十一国游记》《广艺舟双楫》等。论书提倡碑学，攻击帖学，有尊魏（碑）卑唐（帖）之说，对清末书风，颇具影响。卒年七十。

"衣冠"，指衣服和帽子，喻缙绅、名门世族。《管子·形势》"言辞信，动作庄，衣冠正，则臣下肃"。"阀阅"（音 fá yuè），指有功勋的世家、臣室。这副 4 字联高度赞誉康有为乃南海最具代表性人物，同时也是西樵人的骄傲。上联"衣冠"用比喻，下联"阀阅"用实写，虚实相对。为突出主次，这副联故意将上下联作了颠倒。

②博学重文章留得高名垂宇宙　忠心昭日月欲从素愿保河山

这副联断句为："博学重文章（5字）/留得高名（4字）/垂宇宙（3字）；忠心昭日月（5字）/欲从素愿（4字）/保河山（3字）"。

康有为出生于封建官僚家庭，祖父康赞修是道光年间的举人，父亲康达初做过江西补用知县。康有为自幼学习儒家思想，1879年开始接触西方资产阶级文化。1882年，康有为到北京参加顺天乡试，没有考取。南归时途经上海，购买了大量西方书籍，吸取了西方传来的进化论和资产阶级政治观点，初步形成了维新变法的思想体系。

1888年，康有为再一次到北京参加顺天乡试，借机第一次上书光绪帝，请求变法，受阻未上达。1891年后，他在广州设立万木草堂，收徒讲学，弟子有梁启超、陈千秋等人。

1895年，他到北京参加会试，得知《马关条约》签订，联合1300多名举人，上万言书，即"公车上书"，又未上达。当年5月底，他第三次上书，得到了光绪皇帝的赞许。7月，他和梁启超创办《中外纪闻》，不久又在北京组织强学会。

1897 年，德国强占胶州湾，康有为再次上书请求变法。次年 1 月，光绪皇帝下令康有为条陈变法意见，他呈上《应诏统筹全局折》，又进呈所著《日本明治变政考》《俄罗斯大彼得变政记》二书。4 月，他和梁启超组织保国会，号召救国图强。6 月 16 日，光绪帝在颐和园勤政殿召见康有为，任命他为总理衙门章京，准其专折奏事，筹备变法事宜，史称戊戌变法。后因慈禧太后的干预，维新运动失败，其具体细节目前尚有较大争议。

变法失败后，光绪皇帝被软禁，康有为之弟康广仁被杀，康有为逃往日本，自称持有皇帝的衣带诏，准备"奉诏求救"。为获得国际支持，他曾游历列国，会见欧洲各国君主。

辛亥革命后，康有为于 1913 年回国，主编《不忍》杂志，宣扬尊孔复辟。作为保皇党领袖，他反对共和制，一直谋划将清废帝溥仪复位。1917 年，康有为和效忠前清的北洋军阀张勋发动复辟，拥戴溥仪登基，不久即在当时北洋政府总理段祺瑞的讨伐下宣告失败。

这副 12 字联根据康有为以上事迹，突出了康有为的"博学重文章"和"忠心昭日月"，融叙事、议论、抒情于一体，以真挚的情感赞美了康有为的功业。

③九曲桥

九转回栏终达愿　曲寻幽径乐余闲

康有为故居原名"延香老屋"，为清代三间两廊硬山顶建筑，建筑面积约 81 平方米。原建筑部分毁于抗战时期，1983 年南海县人民政府拨款按原貌修复。1994 年 12 月，康有为故居、纪念馆被公布为佛山市爱国主义教育基地。1996 年，康有为故居公布为全国重点文物保护单位。1999 年，康有为的堂侄女陈康静瑜女士捐资 400 余万元重建澹如楼、九曲桥、康氏宗祠、松轩等仿古建筑。

这副联上下句开头嵌字"九曲"，现实中，九曲桥东折西转，最后一定会"达到愿望"，当然不乏舒适悠然的感觉。然而联想康有为的多舛命运，这九曲

桥理应为"曲折坎坷"才是。

④澹如楼

澹看世情多变幻

如能修静得悠游

　　何淡如,南海名人。此联上下句开头嵌字"澹如",融说理、抒情于一体。上联"澹看世情多变幻",强调世事复杂,世事多变,只要你对此"看淡",也就应对自如。下联"如能修静得悠游",承接上联之意,面对复杂多变、喧嚣尘上的世界,你如果能保持冷静、守得住寂寞,那么,你就可能自得其乐,悠哉游哉。这副楹联所表达的主题与晋陶渊明《桃花源记》何其相似乃尔。

⑤观鱼亭

池中花似锦　塘内鲤如龙

这副 5 字联上句的"花似锦"，是指荷花，因荷花艳丽多彩，故曰"似锦"；下句的"鲤如龙"，状写鲤鱼的游姿多变。全联采用了比喻手法，且所比事物自然贴切、生动形象。

⑥松轩

松竹生风凉枕席

轩窗留月伴琴书

松竹梅，合称"岁寒三友"。古有"松竹梅，岁寒三友；桃李杏，春暖一家"之说。松竹梅这三种植物在寒冬时节仍可保持顽强的生命力而得名，是中国传统文化中高尚人格的象征，有时也借以比喻忠贞的友谊。这副联上下句开头嵌字"松轩"，寥寥 14 字，鲜明地突出了"高雅、宁静、优美、自乐"的境界，有叙事、写景、议论、抒情，显得简明流畅。

（七）朱九江纪念堂

朱九江纪念堂位于南海区九江中学内，原建筑是一座红墙绿瓦、建筑独特的小礼堂，建筑面积约 700 平方米。1936 年 10 月为纪念岭南大儒朱次琦而兴建。原部分建筑已毁于抗战时期，1994 年由市政府拨款及国内外热心人

士集资重建。重建后的纪念堂为重檐歇山顶，琉璃瓦，回廊巨柱建筑，气势庄严，建筑面积约 1500 平方米。纪念堂高三层，第一层为会场，第二层为奉祀朱九江先生礼堂，第三层文物馆内设有《朱九江先生生平史迹展览》，展出有朱九江先生及其弟子、再传弟子的墨迹和著述。

朱次琦（1807—1881），字稚圭，又字子襄，南海九江人，世称"九江先生"，当时与陈澧并称"岭南两大儒"，是著名的经学大师、教育家和爱国思想家。早在青年时期，朱次琦曾在家乡领导乡人抗御洪水，誉满乡里。1847 年中进士，派到山西任职，当时发生一宗中原人杀害蒙古人命案，朱次琦为此奉命出使蒙古，以能言善辩，化解了可能引发的民族矛盾。1852 年任命为襄陵知县，任职 190 天。时间虽短，但颇有政绩，离开之时，当地民众夹道欢送，长达十余里，并立祠奉祀。病辞回归故里后，朱次琦在九江礼山（今之忠良岗）设草堂讲学，康有为、简朝亮、梁耀枢等都曾在他门下求学。学术上，朱次琦反对汉学和宋学的门户之见，特别是"以济世救民为归"的主张，对他的学生产生了极大的影响。在教育上，朱次琦注重学生的道德品质修养，他向学生提出"敦行孝悌、崇尚气节、变化气质、检点威仪"四点要求，使学生做到诚心、谨慎、克己、力行，努力上进，为国效力。鸦片战争爆发后，清钦差大臣琦善割地求和，朱次琦出于爱国心，曾写诗痛斥琦善的卖国行为。

1. 大门

高碣表前修学行双全明训立　宏堂仍旧贯山川一览壮观添

"碣"，指石碑；"学行"，指理论与实践，即语言和行为。上联写朱九江对己对人为人做事要求严格；下联赞美纪念堂重建后给人一种宏伟雄壮的感觉。

2. 大堂

千秋新学开南海　百世名儒仰九江

朱次琦在学术上注重学生的道德品质修养的教育观，的确开了一代新风。故上联曰"开南海"；下联饱含真情高度赞美了朱九江的巨大影响。

（八）九江吴家大院

九江镇于 2005 年 1 月 10 日由原九江、沙头两镇整合而成。合并后，新九江紧邻西樵镇、顺德区的龙江、高明区和江门市的鹤山等，面积 94.75 平方公里，户籍人口 10.2 万人，外来人口 8.4 万人，是珠江三角洲为数不多的典型水乡，也是南海著名的侨乡。全镇有港澳台同胞、海外侨胞 15 万，足迹遍布世界 60 多个国家和地区。九江的龙舟文化名扬天下，九江龙舟队曾代表中国出战亚运会，在国内及国际大赛中屡屡获奖。

景点简介

吴家大院原处九江镇十三湾中的第二湾，现在人民路 40 号，占地约 7000 平方米，由越南华侨吴庚南及畅如兄弟始建于清末光绪年间（1887 年）。吴庚南，祖籍九江镇梅圳村，早年远离家乡，到越南从事经商贸易，大米进口、药材贩卖。清末光绪年间，经营数年、拥有一定家财的吴庚南衣锦还乡，购买田地，从越南等地运来的建筑材料精心修建而成吴家大院，命名为"吴庚南府第"，后改为"吴慎德堂"。

宅院内现存 6 幢 "镬耳" 大屋、4 幢高层洋楼及花园、亭阁等，楼房内有传统的广东特色的木 "趟栊"，造工精致的雕花木门窗，也有西方元素的意大利瓷砖、色彩艳丽的雕花玻璃门窗、欧式的圆拱飘窗露台，建筑风格中西合璧，布局整齐壮观，各具时代特色。是广东佛山地区难得的清末民初古建筑群，也是九江最大的华侨房，对研究晚清民国建筑有一定历史和科学价值。现为佛山市级文物保护单位，"九江侨乡博物馆"。

楹联例说

1. "吴氏家族"

①灏志踌躇馨以德

　源财兴盛谓之鑫

从表现形式上看，这副 7 字联应为流水对。上联表原因，下联述结果。"灏" 同 "浩"，"灏志" 即 "大志"。联中 "灏志踌躇" 是用来形容吴家先辈虽飘洋海外，但秉承祖德、满怀信心；下联肯定回答：因为做事为人有道德，且充满信心，所以吴家才能生意兴隆、财源广进。

在 "吴氏家族" 大门处还有一首七言诗，诗曰："吴氏宗枝慎德堂，家门济美耀乡邦；大名垂世传佳话，院宅流芳万载长"。每句开头嵌 "吴家大院"，它精要概述了吴氏家族发家致富的不寻常经历，简明准确地概括了吴家大院在九江这方土地上的重要影响。

②博览南海侨乡千年史话　　阅尽儒林赤子百代情怀

相传，广东朱氏入粤始祖是朱熹六世孙朱文焕，其子孙后代薪火相传，以先祖的道德文章为荣，诗书传家，和睦相处，传承散播 30 余代，为岭南文教发展做出了巨大贡献。在此过程中，广东朱氏形成了独具特色的家族文化，注重修撰家谱，不忘本源，发扬祖德。南海九江在明清两代便享有"儒林乡"的美誉。清代中后期，南海朱次琦成为岭南一代宗师，他不仅德高学硕，名扬海内，还注重修身育人，在九江开设礼山草堂，为家乡培养了许多俊彦之士。他的弟子遍及两广，其中包括儒学名家简朝亮，广东最后一个状元梁耀枢，还有维新领袖康有为。朱次琦倡导并力行的孝悌和睦、读书明理、修德致用等理念影响当地至今。

下联"儒林"即九江镇。因吴家大院现已用作"九江侨乡博物馆"，供广大游客参观游览，故这副联叙写的就是"九江侨乡博物馆"的作用与意义。

2. "农耕之道"展馆

月下花前谈诗论道　迎宾侍客对酒当歌

吴家大院现辟为"九江侨乡博物馆"，设有"九江文联"和佛山市文联、南海区文联等联络处，因此这副联所描写的是文人学士"谈诗论道""迎宾侍客"的轻松惬意、充满情趣。

3. "异域侨踪"

吴宅此间古　儒林名士多

这副联简洁流畅，意境纵横。上联赞美吴氏古宅历史悠长；下联肯定九江（儒林）名人众多。

4. "情系故园"

镬耳屋一踏三间坊乡尚存几许
洋广厦四平八稳梓里兴盛多时

这副 13 字联采用对比手法，字里行间流露出对古宅旧院的不舍情怀。上下联的"尚存几许"与"兴盛多时"对比强烈，上联"一踏三间"名词化

作形容词，与下联"四平八稳"相对应。

5. "儒乡文化"

古郡鸿儒功德垂世　吴家子嗣跗萼联芳

该馆有九江历史名人朱九江等九江名人事迹展览，故上联有"鸿儒"之说；同时陈列了吴氏家族的奋斗历史，故下联有"子嗣"之表述。"跗萼流芳"。"跗萼"，亦作"跗萼"；花萼与子房。亦借指花朵；亦作"跗鄂"比喻关系亲密的兄弟。《诗·小雅·常棣》："常棣之华，鄂不韡韡，凡今之人，莫如兄弟。""鄂"为"萼"的借字；通"拊"，亦作"跗"，萼的底部。下联比喻吴家兄弟之贵显永远荣耀九江乡里。

上联歌颂朱次琦等九江名人（鸿儒），下联赞美自家人（吴家子嗣），显得自然工整。

（九）朱九江纪念公园

景点简介

1936 年 10 月，为纪念南粤名儒朱次琦，九江旅外华侨、港澳同胞共同捐资修建了"朱九江先生纪念堂"，堂前门联题："千秋新学开南海，百世名儒仰九江。"这是一座独特的小礼堂，建筑面积约 700 平方米。抗战时期，部分建筑被毁，1994 年由南海政府拨款及国内外热心人士集资重建。重建

后的纪念堂为重檐歇山顶，琉璃瓦，回廊巨柱建筑，气势庄严，建筑面积约1500平方米。

150多年前，朱九江开设"礼山草堂"，开一代儒雅书香之风，培育了康有为等栋梁之材。朱九江位于下西村的故居以及其学生为纪念老师而建造的京卿第，均为清朝末年的岭南建筑。为了恢复原貌，朱九江纪念公园兴建在故居原址旁，面积达11.4亩，项目投资约1000万元。

楹联例说

1. 正门

儒风融汉宋　化雨出康梁

据朱次琦的学生简朝亮、康有为、凌鹤书等人的追述资料可以得知，朱次琦在论学方面有两个特点，一是强调融会贯通。在当时普遍讲"一经一史、文章一家、经济一门"的情况下，朱次琦明确反对专攻一经、专学一门的狭隘，讲求学问的本源，知识的融会贯通。二是主张平易笃实，他既反对清中叶汉学考据的繁碎和门户之见，也反对宋明心学的空疏玄谈，试图以一种平易笃实的方式向学生阐明儒学的本来面目，他主张扫去汉学和宋学的门户之见，一切归宗于孔子。因此上联曰："儒风融汉宋"。

下联的"化雨出康梁"，指的是朱次琦在九江礼山（今之忠良岗）设草堂讲学，康有为、简朝亮、梁耀枢等都曾在他门下求学。

这副 5 字联简洁明快，高度概括并赞美了朱九江的一生功绩。

2. "京卿第"

李杜诗书无二至　　儒林翰墨有余香

这副联将朱次琦与唐代大诗人李白杜甫相提并论，提升了朱九江在故乡的巨大威望和影响力。其中"无二至"（平仄仄）与"有余香"（仄平平）对应得十分工整、遣词造句功力独到。

3. "礼山学堂"

古郡鸿儒功德垂世　　朱家子嗣跱莩联芳

南海九江朱氏始祖为宋代南雄州保昌县朱元龙，其次子朱子仪于宋度宗咸淳十年迁居九江上沙，开启了南海朱氏在珠三角繁衍的历史，朱子仪成为九江朱氏的一世祖。这副联与吴家大院"儒乡文化"联如出一辙，只是下联"吴"换做"朱"罢了。

明清两代，朱氏成为九江最大的名门望族，才人辈出。据南海九江镇志记载，明清两代，九江有 34 人考中进士，209 人考中举人。其中，九江朱氏家族出过两位进士，17 位举人，数百年间，朱家领一方风骚。明有进士朱让、朱实莲，著名书法家朱完，清有岭南大儒朱次琦。九江自明代以来文风繁盛，名祠名墓及园林名胜皆以朱氏为冠首。明清时期，九江的社学、私塾、书院、学堂遍布各村，最兴盛时期社学达 28 所，书院 18 所，有"儒林乡"之美誉。

4. "礼山学堂"朱次琦画像

是训是行绳其祖武 克勤克俭诒厥孙谋

朱次琦在少年时代已颇有才名。1811年，四岁的朱次琦入家族学塾读书，塾师是族叔朱湘麟。五岁能以"大人虎变"对"老子龙钟"句，对仗得体，锋芒初露。七岁开始作诗，十二岁时所作"黄木湾观海"诗，令两广总督阮元用欧阳修赞赏苏轼的话感叹："老夫当让！"在越华书院时所作"新松"赋："栋材未必千人见，但听风声便不同"，含义非凡，语惊四座。

上联"绳其祖武"出自《诗经·大雅·下武》："昭兹来许，绳其祖武。"意思是踏着祖先的足迹继续前进，比喻继承祖业。上联写朱次琦言行都继承了祖先教训。

下联"诒厥孙谋"即为子孙的将来善做安排。语本《诗.大雅.文王有声》："诒厥孙谋，以燕翼子。"在教育上，朱次琦注重学生的道德品质修养，他向学生提出"敦行孝悌，崇尚气节，变化气质，检点威仪"四点要求，使学生做到诚心、谨慎、克己、力行，努力上进，为国效力。同时他提出的"读书以明理……随而应天下国家之用"的主张，今天仍有很深的现实意义。

（十）沙头崔氏宗祠

景点简介

崔氏宗祠又名"五凤楼""山南祠"。建于明嘉靖四年（1525年），清光绪年间重修，1985年南海县政府拨款维修。现仅存前进、牌坊及厢房。

崔氏宗祠为始祖祠，源于崔氏家族到沙头最早的崔世英，其后人尊他为始祖，建祠祭祀，立堂名"永思堂"。自 1929 年起，崔氏宗祠便成沙头规模最大的小学校。1994 年，南海市把山南祠遗留下来的前两进建筑列为市级重点文物保护单位，2002 年 7 月，广东省人民政府公布为省级文物保护单位。

楹联例说

孝友仰山南一门济美

源流承渭北万派朝宗

崔氏宗祠第二进为石牌坊，山字形，四柱三间，高 7.2 米，主间门宽 3 米，左右间门宽 1.6 米，外连花窗边墙，墙上有灰雕图案；牌坊四柱为花岗石，雕成抱鼓形，其余均以西樵山粗面岩石建造，石上浮雕为花鸟竹木图案。前额雕有"山南世家"，背面刻有"缵服扬休"四字。"山南世家"四字由明朝巡抚、广东监察御使陈联芳题词并亲笔书写，以赞崔氏曾有朝廷高官崔琯（崔琯为崔世英的先祖，在唐朝任职为山南西道节度使，以职位相称为崔山南），称崔氏宗祠是山南世世代代相传之家。

上联"孝友仰山南一门济美"，说的是明朝嘉靖二十年（1541 年）由辛丑科进士崔一濂、同期进士崔吉、举人崔甸，三人共同倡议建祠，发动沙头崔氏同人集资筹款，并于一年后（1542 年）初步建成。

下联叙说崔氏源自陕西。据崔氏族谱记载，历史上，沙头崔氏共走出了 5 位进士，23 名举人，秀才、贡生更是数不胜数。从南宋至清代，崔氏共有 43 人任官职于山东、山西、陕西、安徽、福建各地，因此楹联强调"万派朝宗"。

（十一）黄岐龙母庙

黄岐，原称"黄竹岐"。位于南海区东部，毗邻广州市荔湾区、越秀区，是南海区对外开放的一个重要窗口，素有"岐阳古道"之称。黄岐以珠江为轴线，分为海南、海北两大片，南与盐步相连，北与广州白云区金沙洲接壤，东连广州市荔湾区。地理位置得天独厚，水陆交通便利，商贸活动活跃，有"中山九路"的美誉。

1988年，经广东省人民政府批准，从原来盐步镇分出黄岐镇。1997年撤镇改区，2003年又撤区改街道，成为南海中心城区的一个组成部分，2005年黄岐街道办事处与盐步、大沥合并为大沥镇，设大沥镇黄岐办事处。全街道总面积19.84平方公里，下辖6个行政村和1个城区管理处，共设5个社区居民委员会，常住人口56283人，总人口约28万。

景点简介

龙母祖庙是西江流域人民共同朝拜的祖宗——龙母娘娘之庙。据统计，西江流域在民国时有大大小小的龙母庙数以千计，这些龙母庙都以德庆县悦

城镇的龙母庙为祖，称为"龙母祖庙"。

黄岐龙母庙坐落于黄岐公园内。龙母古庙、龙舟竞赛是黄岐古迹名胜和体育盛会，声誉最隆又能吸引游客。每年的五月初八，黄岐因为龙母诞变得人山人海，热闹非常。人们从四面八方涌向龙母庙，广佛公路也因此变得车水马龙、人气沸腾，广州－黄岐的公交车在五月初七的晚上增开专线。

龙母庙两旁建有观音殿及三娘殿，寺庙外有与古迹融于一体的黄岐公园，沿河岸有建筑长堤，树木成荫，是当地一个景色优美、空气清新的休闲旅游景点。

楹联例说

1. 龙母庙正殿大门

堂构巍峨地灵人杰　善心化育物阜民康

关于龙母庙的来历说法有多种，但相同之处是，龙母能消灾祛病护百姓，

因此人们为她建庙立像加以崇拜，其实她代表了人们对美好生活的热爱和向往。这副联上句写龙母庙的远观形象和人们建庙立像之感受；下句歌颂龙母广施恩泽给一方百姓带来幸福平安。

2. 龙母庙正殿内一

龙德浩茫佑社稷吉祥如意　　母仪天下庇黎庶福寿安宁

"龙母"的故事，在广东、广西至越南北部一带都有流传。传说龙母是一位奇女子，其父系广西藤县人氏，姓温，名天瑞；母亲系广东德庆县悦城人氏，姓梁。她一生下来，头发就有一尺长，身体奇伟，脸慈祥。从小喜欢读书，一目十行，过目不忘。特别珍贵的是，她有一颗晶莹的善良的心，当她长成亭亭玉立少女的时候，就和自己的姐姐、妹妹以及邻居的四位姑娘结成"金兰七姐妹"，并立下誓言：要利泽天下，为老百姓做点好事。龙母有预知人间祸福的本领，精通各种医术，经常救死扶伤，义务为乡里百姓服务。当时，各种病疾、水灾、旱灾威胁着西江流域仓吾（苍梧郡）、骆越、西瓯、南越各族人民，每逢这些天灾人祸出现，苍梧古郡、西江流域就会疮痍满目，

饿殍遍野。聪明、勤劳的龙母，率领"百越"群众战天斗地，战胜天灾人害，让当地的黎民百姓得以安居、生息、繁衍，因而深受人们的拥戴，被推为仓吾氏族的领袖。

使温女成为龙母还有拾卵豢龙一事。传说：一天温氏到江边去洗衣服，洗着洗着，突然见到旁边水中熠熠发光，她觉得奇怪，便慢慢地走过去，只见水中沉着一颗如斗大的巨蛋，于是把它抱起来带回家里，当作宝贝一样珍藏起来。经过了七个月又二十七天，那只石蛋忽然裂开，从中窜出五条如蛇状能活动的蜥蜴，个个非常喜欢玩水，温氏像母亲对待自己的孩子似的细心喂养。长大后，它们却是五条活灵活现的小龙。五小龙感于温女的养育之恩，衔鱼孝敬温女，不断帮助温女与水灾、旱灾、虫灾及官灾斗，造福黎民百姓。于是，温女被西江流域的百姓们尊称为"龙母"，成为造福百姓、保佑平安的"神女"。后来西江流域的百姓们及为生计到东南沿海和东南亚谋生的群众，世代仍念念不忘龙母的恩泽，建龙母庙，年年都祭祀龙母，企求风调雨顺、国泰民安。

这副 11 字联概括赞美了龙母护佑百姓、造福一方的功德伟绩。

3. 龙母正殿内二

龙德齐天欣看河清溪晏　母仪树范永葆国泰民安

上联"龙德"，民间传说龙德星主贵人，逢凶化吉，努力有成，德望崇高。象征贵人多助，由祸转福，不忌诸凶，能避煞。"晏"，这里作"清净"讲。下联"母仪"意即"母仪天下"，原形容皇后或者国母，以慈母宽厚博爱的胸怀来关爱天下臣民，以维护江山社稷的和谐稳定，这里指龙母善良慈祥，护佑一方百姓。

4. 龙母正殿内三

龙威有力横流定　母德无疆百姓安

三、四联与第二联无论表现形式还是内容主旨，均大同小异，都采用了叙述、描写、议论、抒情手法，歌颂和赞美了龙母消灾祛祸护佑百姓的伟绩功德。

5. 北帝殿

北海玄冥雨顺风调迎泰日　帝恩深厚龟随蛇伴庆丰年

这副联上下句开头嵌字"北帝"，上联"雨顺风调"写北帝功德，下联"龟随蛇伴"状北帝形象。这副联与禅城祖庙内的灵应祠赞美北帝的楹联大同小异。

6. 观音殿

①大慈大悲莲座仁风扬善绩　救人救世杨枝甘露泽苍生

面慈目善、静坐莲花之上，左手拿一玉瓶，右手持杨柳枝，这就是寺庙中观音的常见形象。这副联同样以叙述描写手法，赞美了观世音菩萨大慈大悲、救苦救难的光辉形象。

②甘露长遍沥福泽群生　苦海不扬波慈航普渡

观音是中国民间流传最广泛的人物，她的形象遍布全国各地的寺庙之中，绘画、雕塑及许多工艺品中也有其形象，她集智慧、慈悲、救苦救难等良好品德于一身，到处都受到人们的爱戴和尊重。她的传说多次出现在中国的文学作品及民间传说之中，在小说《封神演义》中，她是玉虚门下十二门人之一的慈航道人，协助姜子牙讨伐纣王。在《西游记》中孙悟空大闹天宫，她为玉帝出谋划策请如来出山，孙悟空被压在五行山下，她又救悟空让其助唐僧去西天取经，一路上多次解悟空于危难之中。

（十二）里水汤南村

古村简介

汤南村位于南海里水镇汤村辖区内。村南面是广东省万顷洋园艺世界，西与佛山一环北延线相连，北与上社村民小组相邻，东靠汤南山岗群。人口399人，97户。2010年被南海区评为"南海区十大古村落"及"南海区十大最美乡村"。

楹联例说

1. 汤氏宗祠

文章昭宋代　政绩著雄州

据史料记载，汤南村始祖汤贵公，原籍河南开封府祥符县人，才学居南宋文魁，于北宋真宗咸平年间（真宗在位六年即公元998年至1004年）到广东雄州任别驾官职，当时与高氏孺人奉神宦游岭南，抵达南海苏山坊胭脂塘处，忽遇一大蛇挡道，不知是凶是吉遂卜之，夜得祥梦，于是决定安居下来，在胭脂塘附近开土立宇奉神，是为汤村。

此5字联以始祖汤贵公事迹为题，全联10字，文字简明扼要，语气铿锵有力。从词性结构上看，上下句前后都是表述具体事物的名词，只在中间置一动词"昭"和"著"，整副楹联便赫然以示，凸显主题。

2. 大韶书舍

崇文重教桃李盛开满天下　　效儒尊孔华夏私塾第一村

传说，在始祖汤贵公崇文尚礼的影响下，当年汤南村私塾林立，不仅本村子弟在此读书，周边也有不少人前来读书求学。因此汤南村历代名人辈出，如明朝八世祖汤恩礼官将仕郎、九世祖汤举公赠正仪大夫、十世祖汤康显大理寺正卿、十六世祖汤文蓂弘治戊午科举人；又如清朝时期，二十九世祖汤秉均举人选为拔贡等。

汤南村是否真如下联所言是"华夏私塾第一村"，我们不得而知，但这里私塾之多确有史料佐证。同时，村里名人辈出，所以上联说的"桃李盛开满天下"也名不虚传。

3. 师五家塾

五岭淑气芝兰茂　　汤南春风桃李香

上联"芝兰"，"芝"通"芷"，芝兰是蕙芷的简称，古时比喻德行的高尚或友情、环境的美好等。如：芝兰之室。

下联"桃李"，原为"桃李满天下"。"桃李"指培养的后辈或所教的学生。比喻学生很多，各地都有。唐代狄仁杰门生众多，经常向武则天推荐将相多人，有人对狄仁杰说："天下桃李，悉在公门矣。"唐代白居易《春和令公绿野堂种花》："令公桃李满天下，何用堂前更种花"等，都是对"桃李"的最好解释。

这副7字联其实叙写与赞美的就是汤南村崇文重教、人才辈出的史实。

第三章　顺德区

　　顺德区是佛山市五个行政辖区之一。位于广东省的南部，珠江三角洲平原中部，广佛同城的西南边界、广佛肇经济圈的南部，是佛山市与广州市联系的重要核心区域之一。

　　顺德地势西北略高，海拔约 2 米，东南稍低，海拔 0.7 米，分布着一些零散的小山丘；东连广州市番禺区，北接佛山市禅城区和南海区，西邻江门市新会区，南界中山市，邻近深圳市、香港特别行政区、澳门特别行政区等珠江三角洲多个城市，旅外华侨和港澳同胞超过 40 万人。

　　顺德自古就是一个物华天宝、经济发达的富庶之地，岭南文化积淀深厚，与东莞、中山、南海并称"广东四小虎"。在明清时代，就以基塘农业、缫丝工业、金融商贸业的兴旺发达被誉为"岭南壮县""南国丝都""广东银行"。顺德是粤曲、粤剧的发源地之一，名伶辈出，被全国曲艺协会评为"中国曲艺之乡"。顺德的美食文化源远流长，民间素有"食在广州，厨出凤城"之说，今日更享有"中国厨师之乡"美誉，在 2014 年还被评为"世界美食之都"。境内的清晖园、顺峰山公园、宝林寺、西山庙、碧江金楼、逢简水乡等风景名胜，是古代岭南建筑文化和南国水乡风光的杰出代表。

（一）顺峰山公园

景点简介

顺峰山公园，是"顺德新十景"之一，位于佛山市顺德新城区西北部太平山麓，碧桂路转南国东路可直达，距离区行政中心约3里，是集旅游、休闲、娱乐为一体的现代化旅游景区。公园自1999年开始兴建，2004年国庆节始向社会开放，包括太平山、神步山、桂畔湖、青云湖等区域。公园的建设突出以"山色水韵"为主题，充分考虑了顺峰山真山真水的特点和深厚的人文历史底蕴，巧妙利用自然空间布局以及旧寨塔、青云塔等历史古迹，依据山势地貌形成了"青山、碧水、一寺、两湖、两塔"的自然与人文景观格局。以两湖（青云湖区、桂畔湖区）、两塔（青云塔、旧寨塔）为主要旅游轴线，巧设独特景点，构成"桂海芳丛""汀芷园""步云径""雅正园"等景区共24个。

顺峰山是佛山市顺德区"青、碧、蓝"建设重点工程和城市改貌工作的主要配套工程，顺峰山公园建设将成为《佛山市顺德区率先基本实现现代化规划》的重点工作之一，成为佛山市顺德区现代化花园式河港城市的跨世纪标志。

公园入口的大牌坊十分醒目。2002 年 10 月 24 日全面竣工的顺德顺峰山公园入口牌坊，为三跨式巨型中式牌坊，整座牌坊宽 88 米，总高度 38 米，基座厚 3 米，主跨 35 米，整座牌楼重 1.4 万吨。牌坊正反两面拱门之间有 16 条用大理石雕琢而成的龙柱，单条重量就达 25 吨，全部在门楼顶上用螺丝拴紧倒挂，营造出凌空而下巧夺天工的气势。其规模之大，造型之雄伟，图案之华丽，石艺之精湛均为国内外所罕见，因此享有中华第一牌坊的美誉，并已载入上海基尼斯世界纪录。顺峰山公园牌坊工程在牌坊上悬挂重达 25 吨的石柱更是在牌坊建设史中少有。

楹联例说

顺峰山公园的楹联主要集中于楼、亭之中，专业、雅致，颇具特色。

1. 青云公园

①入门牌坊

塔影正双辉看美景当前起凤抟鹏天宇外
松风横外径问旧游何处水回烟郭石湖东

这副 17 字联断句应为：

塔影正双辉／看美景当前／起凤抟鹏／天宇外
松风横外径／问旧游何处／水回烟郭／石湖东

上联的"塔影正双辉"指的就是青云塔、旧寨塔。顺德大良又称"凤城"，故有"起凤抟鹏"说法。从韵律看，"起凤（仄仄）抟鹏（平平）"属联中自对。"起凤抟鹏天宇外"，夸张地描述了两塔之高。下联紧扣园内的两湖（青云湖区、桂畔湖区）景色，特别是"水回烟郭"，把景物写得若隐若现、略带虚无缥缈特征，极具感染力。上下联的"看"和"问"，对增强联语的表达效果作用明显，但从韵律的平仄上看，两字都是仄声韵，稍欠讲究。

②孔庙

A. 圣域重开前规有旧　尊贤尚素明德唯馨

园内的孔庙属于重新建设，故有"圣域重开"之说。"尊贤尚素"乃传统美德，下联巧用"唯馨"对应上联的"有旧"，以"馨"谐"新"，用得贴切自然，很好地表达了"尊孔"主题。

B. 先觉先知为万世伦常立极

　　至诚至圣与两间功化同流

纵观孔庙林林总总楹联，此联为最常见。三水森林公园孔圣园大成殿大门也有相同楹联。算是对孔子的极高赞美了。

乙. 德馨堂

三省修身端行唯德　　九思励志处常以贞

上联的"三省修身"原为"三省吾身",出自《论语》。原文:曾子(曾参,孔子弟子)曰:"吾日三省吾身:为人谋而不忠乎?与朋友交而不信乎?传不习乎?"意思是曾子说:"我每天都多次反省自身:替人家谋虑是否不够尽心?和朋友交往是否不够诚信?老师传授的知识是否复习了呢?"

下联的"九思"亦源自于《论语·公冶长》"三思而后行"。原文为:"季文子三思而后行。子闻之,曰'再,斯可矣'。"因为这里的数目字"三"表示多次,同时对应的上联已用"三省",因平仄需要,所以下联就把"三"更改为"九",如此,就显得十分贴切自然了。

3. 明德堂(现为大良婚姻登记处)

展卷求新青春是宝　尊贤尚素明德唯馨

因为是青年男女前来登记婚姻之处,因此这副联给新婚的青年男女以温馨提示:虽是一纸婚书,但青春难得,需双方倍加珍惜;尊老爱幼、夫敬妇爱、崇德尚礼乃是美德。此下联与青云公园孔庙的A联相同,"尊贤(平平)尚素(仄仄)"属联中自对。

4. 神步亭

①碧海萦回万古山川倪令迹　青云直上一时人物凤城春

大良古称太良，隋唐五代已形成居民点，明景泰三年(1452年)设置顺德县，定大良为县城，因城内有座美丽的凤山，故又称凤城。

大良是顺德区政府所在地，顺德的政治、文化、教育、商贸中心，地处顺德的中部偏东，连接广州，毗邻港澳，是佛山市规划的第二个百万人口中心组团的城市核心。辖区面积80.29平方公里，建成区面积33.7平方公里。大良下辖19个社区居委会和2个村委会，常住人口40.38万人(其中户籍人口22万人)。大良文化底蕴深厚，辖区内除顺峰山公园外，还有清晖园、宝林寺、西山庙等名胜古迹。近几年来，大良先后获得"中华餐饮名镇""广东省教育强镇""广东省机械及电气装备技术创新专业镇""广东省数控一代机械产品创新应用示范专业镇""中国曲艺之乡""中华集邮名镇""广东省先进基层党组织"等称誉。2012年实现地方生产总值309.96亿元，规模以上工业企业产值251.1亿元，限额以上贸易住宿餐饮业营业额264.74亿元，全社会固定资产投资55.21亿元，实际利用外资3474万美元，合同利用外资9712万美元，工商税收84.36亿元，其中区级库税收25.83亿元。

上联的"碧海"，传说中的海名。下联的"青云"有多种含义：1.青色的云；2.指高空的云；3.喻高官显爵；4.喻谋取高位的途径；5.喻远大的抱负和志向；6.指青云之士；7.谓隐居；8.喻黑发。此处的"青云"即喻谋取高位的途径。

这副11字联断句应为"碧海萦回/万古山川/倪令迹；青云直上/一时

人物 / 凤城春"。上联"万古"与下联"一时"形成数量词对应；下联"凤城"即顺德大良。

②一水照人开碧鉴 两山飞雁入青云

"一水"指德胜河，"两山"指太平山、神步山，神步亭位于公园东南侧的神步山上，因为大良本身地势就不高，像神步亭所处这样的高度，也不算低了。这副联上联写水，下联状山，水碧山青，人来雁往，动静结合，青（山）白"水"分明，意境十分优美。

5. 无名亭

①雄风固所存双塔云生偏荫路 芳华绿未已数峰日照半成霞

这副12字联重在写景，亦紧扣园内景物双塔、数峰，上联用"云生"说明"雄风"，下联以"日照"回应"芳华"，优美意境令人神往。

②好景休但说江南问君如此山川算否风光犹未足

生业戒侈言凤岭放眼无边桑柘莫因沃土辍长耕

在佛山名胜古迹（古村）众多的楹联中，这副20字联称得上是一佳联，它提示的是：人生应当勤劳不止、不断追求，切忌小得即安、自足骄傲。按今天的说法，它表现的是一种正能量和向上之气。从断句看，这副联应为："好景休但说／江南问君／如此山川／算否风光犹未足；生业戒侈言／凤岭放眼／无边桑柘／莫因沃土辍长耕"。下联的"凤岭"代指大良。

6. 无尽意轩

倚槛寻思往昔蘩生榛莽　　凭栏纵目此日多丽江山

某年某月某日，某人在顺峰山公园里某书房内，凭栏远眺，浮想联翩，最后得出一结论：此地因为往昔草木繁多，留得青山绿水，所以今日满目一片秀丽风景——这就是此11字联所描叙的意境。

7. 永春拳馆

永春拳本少林宗派
半点棍是老道奇技

这副 8 字联以叙事手法，简明扼要地向人们介绍了永春拳的性质和特色。

8. 花影流光阁（永春会馆）

永春拳训服深山猛虎
半点棍束缚碧海蛟龙

这副 9 字联用夸张的手法，叙写了永春拳和半点棍的威猛功夫。但这副联有值得商榷之处：联中第五字"服（fú）""缚（fù）"，若按普通话，有点美中不足，若按粤方言，则另当别论。另外上联的"训服"应为"驯服"。

9. 拥碧廊

绿水青山见恋意
黄花白酒论风流

"绿水青山"，指的是美好河山。宋·释普济《五灯会元》载："问：牛头未见四祖时如何？师曰：青山绿水。曰：见后如何？师曰：绿水青山。"

"黄花白酒"句出自宋苏轼《九日黄楼作》诗句："黄花白酒无人问，日暮归来洗靴袜。"

无论从内容还是从形式上

看，这副联都应是一佳联，只是上联的"见"为仄声，稍欠讲究。

10. 湖石

湖光山色秀　和顺根叶荣

顺峰山公园里的这处园林工艺，不仅设置讲究，石头上的这副楹联也算得上是一副佳作。这副联不仅文字高度精炼，内容也极富哲理：有山有水便风光秀丽，风调雨顺则树大根深。同时，"和顺"一词还让游人浮想联翩，玩味无穷。

（二）清晖园

景点简介

清晖园，位于顺德区大良镇清晖路，地处市中心，故址原为明末状元黄士俊所建的黄氏花园，现存建筑主要建于清嘉庆年间。园取名"清晖"，意为和煦普照之日光，喻父母之恩德。园林经龙应时、龙廷槐、龙元任、龙景灿、龙渚惠等龙氏五代人多次修建，逐渐形成了格局完整而又富有特色的岭南园林。清晖园与佛山梁园、番禺余荫山房（或称余荫山房）、东莞可园并称为广东四大名园，也是岭南园林的代表作，为省级文物保护单位。

清晖园全园构筑精巧，布局紧凑。建筑艺术性颇高，蔚为壮观，建筑物形式轻巧灵活，雅致朴素，庭园空间主次分明，结构清晰。整个园林以尽显岭南庭院雅致古朴的风格而著称，园中有园，景外有景，步移景换，并且兼备岭南建筑与江南园林的特色。现有的清晖园，集明清文化、岭南古园林建筑、江南园林艺术、珠江三角水乡特色于一体，是一个如诗如画、如梦似幻的迷人胜地。

　　园内有大量装饰性和欣赏性的陶瓷、灰塑、木雕、玻璃制品，园内妙联佳句俯仰可拾，名人雅士音韵尚存，艺术精品比比皆是，令人流连忘返。园林艺术处理颇具匠心。园内叠石假山，曲水流觞，曲径回廊，景趣盎然。银杏千秋，百龄龙眼，玉棠春瑞，沙柳飘扬。闲步曲桥，喜看金鲤碧波嬉戏；徐行花径，好赏绿树时花扑面。时而庭园内传出袅袅弦歌，听一粤曲，令人心清耳悦，如醉如痴。园内保存的一套清朝乾隆年间评定的"羊城八景"，就是一套目前仅存于世的清代旧羊城八景套色雕刻玻璃珍品，已被初步鉴定为国家一级保护文物。

　　清晖园主要景点有船厅、碧溪草堂、澄漪亭、六角亭、惜阴书屋、竹苑、斗洞、狮山、八角池、笔生花馆、归寄庐、小蓬瀛、红蕖书屋、凤来峰、读云轩、沐英涧、留芬阁等，造型构筑各具情态，灵巧雅致，建筑物之雕镂绘饰，多以岭南佳木花鸟为题材，古今名人题写之楹联匾额比比皆是，大部分门窗玻璃为清代从欧洲进口经蚀刻加工的套色玻璃制品，古朴精美，品味无穷。

　　园址原为明朝万历丁未状元黄士俊宅第。明万历三十五年（公元1607年），顺德杏坛镇人黄士俊高中状元，官至礼部尚书、大学士，为了光宗耀祖，于明天启元年，在城南门外的凤山脚下修建了黄家祠和天章阁、灵阿之阁。后黄家衰落,庭院荒废。清乾隆年间,当地龙氏碧鉴海支系21世龙应时得中进士,将天章阁、灵阿之阁购进。该院归龙家后,由龙应时传与其子龙廷槐和龙廷梓,后来廷槐、廷梓分家,庭院的中间部分归龙廷槐,而左右两侧为龙廷梓所得。其中龙廷梓将归他的左、右两部分庭院建成以居室为主的庭园,称为"龙太常花园"和"楚芗园",人们俗称左、右花园,南侧的龙太常花园在园主衰落后,卖给了曾秋樵,其子曾栋在此经营蚕种生意,挂上"广大"的招牌,故又称广大园。

龙应时长子龙廷槐字澳堂,大良人氏,于清乾隆五十三年(公元1788年)考中进士,曾任翰林院编修,候补御史。嘉庆五年(1800年)辞官南归,筑园奉母。嘉庆十一年(公元1806年),其子龙元任请了江苏武进进士、书法家李兆洛书写了"清晖园"三字书于园的正门上方,以喻父母之恩如日光和煦照耀。其后,经龙槐之子龙元任、孙龙景灿、曾孙龙诸慧一门数代的继续精心营建,几经修改加工,至民国初年,全园格局始臻定型。抗日战争期间,龙氏家人避居海外,庭院日趋残破。

1959年,中共广东省委书记陶铸莅临清晖园视察,深为关注,批专款予以重点保护,同年县政府重修扩建清晖园,与左右的楚香园、广大园(均为龙应时后裔所建)合并,面积由3000多平方米扩大到近万平方米。1996年起,顺德市委、市政府鉴于其历史、艺术和观赏价值,投入了大量的人力、物力、财力对清晖园进行再度兴工扩建,扩复旧貌,以重现名园精髓,以接待海外广大游客,增加了凤来峰、读云轩、留芬阁、沐英涧、红蕖书屋等多处建筑景点,面积由7000多平方米增至2.2万平方米。

楹联例说

在佛山名胜古迹(古村)所有楹联中,清晖园的楹联显得内容丰富(亭台楼阁、山水花木、人物鸟兽俱含其中),数量众多(四字、五子、七字、八字、十字以上联语俯仰皆是),同时大都专业雅致,令人折服。

1. 竹苑

风过有声留竹韵　月明无处不花香

宋代诗人徐庭筠有一首《咏竹》诗曰："不论台阁与山林，爱尔岂惟千亩阴；未出土时先有节，便凌云去也无心……"后人将诗中"便凌云去也无心"改为"及凌云处尚虚心"，成为千古流传的名句。

诗句把竹子的精神描绘得淋漓尽致。亭亭玉立的竹子经霜雪而不凋，历四季而常茂。集坚贞、刚毅、挺拔、清幽于一身。后两句诗的精彩之处，是通过对竹子内外特征的描绘，使人们对竹子的品格进一步升华到"有气节、且虚心"的人文精神境界，令人无比崇敬！因此历来被文人雅士奉为自身品格修养的标杆。

这副 7 字联采用传统手法，"4 字 /3 字"断句，上句以风写竹，下句用月叙花，风格淡雅古朴，音韵流畅，意境优美，颇具感染力。

2. 集云小筑

幽兰一室　修竹万山

兰花最早的含义是爱的吉祥物。屈原在诗歌中将兰喻为君子，故后人又把兰理解为君子高洁、有德泽的象征。如兰桂齐芳（兰花、桂花）喻德泽长留，经久不衰，也就是把恩惠留给后辈子孙，亦用来称颂别人的子孙昌盛。兰后来又引申出多层含义，如美好的文章称"兰章"，对别人子弟的美称叫"兰玉"，对友情契合而结拜成兄弟姐妹称"金兰之好"等。

此副简略流畅的 4 字联，"2 字 /2 字"结构，上联"平平仄仄"，下联"平仄仄平"，对仗极为工整。全联以小见大、以少胜多，与竹苑联风格极似。

3. 留芳亭

春松多佳日　西北有高楼

上句"春秋多佳日"出自东晋陶渊明的《移居·其二》："春秋多佳日，登高赋新诗。过门更相呼，有酒斟酌之。农务各自归，闲暇辄相思……"

下句"西北有高楼"，原句出自《古诗十九首·西北有高楼》："西北有高楼，上与浮云齐。交疏结绮窗，阿阁三重阶。上有弦歌声，音响一何悲！谁能为此曲？无乃杞梁妻……"

也许是楹联作者将原诗"春秋"误为"春松"，与下联"西北"显得不成对应，其实原"春秋"表情达意更为确切。这副联既有季节景物赞美，又

有方位建筑歌颂，叙事、写景、议论、抒情四者融为一体。

4. 某书轩

红情绿意花之态　黄卷青灯学者家

上联"红情绿意"原形容艳丽的春天景色。出自宋·文同《约春》诗："红情绿意知多少，尽入泾川万树花。"

下联"黄卷青灯"，黄卷：古代书籍用黄纸缮写，因指书籍；青灯：油灯发青色的灯光，指油灯。灯光映照着书籍。形容深夜苦读，或修行学佛的孤寂生活。

此联寥寥14字，却状写了6种事物（情、意、花、卷、灯、家）和4种色彩（红、绿、黄、青），十分简洁地描绘了书斋的宁静幽美以及书斋主人的勤学苦读，读来诱人感人。

5. 某阁

① **碧畦卖菜门前雨　苍壁垂藤瓦脊香**

上联写"动"，下联叙"静"；上联写人，下联状物。意境优美，情趣盎然。感觉写的就是恬淡的普通农家生活，温馨而美好，有世外桃源之境。

② **绿树多生意　白云无尽时**

"绿树多生意，白云无尽时"，原是1965年董必武所作的一副楹联，属于广州白云山定位的规划佳作。

这副联以色彩表现美景，"多""无"相较，颇具哲理。

6. 某亭

掬水月在手　弄花香满衣

"掬水月在手，弄花香满衣"出自唐代诗人于良史五言律诗《春山夜月》："春山多胜事，赏玩夜忘归。掬水月在手，弄花香满衣。兴来无远近，欲去惜芳菲。南望鸣钟处，楼台深翠微。"

楹联意境为：捧起清澄明澈的泉水，泉水照见月影，好像那一轮明月在自己的手里一般。摆弄山花，馥郁之气溢满衣衫。

这副5字联不愧为一绝佳妙联，"月在手"和"香满衣"以夸张手法描摹了月下庭院的优美境界，十分精炼的文字、极其优美的意境，魅力无穷。

7. 留芬亭

玉树留芬春晖永驻　芳园涉趣清韵徐来

这副联嵌字"留芬"和"清晖"，句子语气停顿为："玉树留芬/春晖永驻"、"芳园涉趣/清韵徐来"，写景叙事紧密结合，所状景物情趣盎然。

8. 红蕖书屋（状元庭）

① **菡萏开时立杨柳堤边领略清香秀色**
阑干倚处听水晶帘下传来琴韵书声

荷花，又被称为莲花、芙蕖、水芝、泽芝、水华、菡萏、水旦、草芙蓉、六月春芙蓉、水芙、水芙蓉、玉环、中国莲等。荷花是我国的传统名花，其叶清秀，花香四溢，沁人肺腑。有迎骄阳而不惧，出淤泥而不染的气质。所以荷花在人们心目中是真善美的化身，吉祥丰兴的预兆，是佛教中神圣净洁的名物，也是友谊的种子。而"杨柳"则是一个情思缠绵的意境。

这副 15 字联断句应为：“菡萏开时 / 立杨柳堤边 / 领略清香秀色；阑干倚处 / 听水晶帘下 / 传来琴韵书声”。“菡萏”即荷花，“阑干”亦为“栏杆”，此联写主人夏日观荷听琴之乐，有声有色、有韵有味，极富情趣。

②**不拘乎山水之形云阵皆山月光皆水**

　有得乎诗酒之意花酣也酒鸟笑也诗

这副联出自清代赵之谦自题联。联中“拘”，即“拘泥”；“形”，即形态；“得”，即体会品味；“酣”，即浓厚之意。全联的意思是：不拘泥于山水的人，看到天上的云朵也把它当成了山，看到地上的月光也把它当成了水；对美酒和诗歌有深刻体味的人，闻到鲜花浓烈的香味也把它当成了美酒，听到小鸟快乐的鸣叫也把它当成了优美的诗句。

这副联融叙事说理于一体，对仗工整、音韵流畅，堪称绝佳妙对。

9. 沐英阁

①**柳影绿围三亩宅　藕花红度半塘秋**

这副 7 字联在春秋对比中叙写了"柳绿花红"景色，寓无限喜爱于叙事写景中，特别是上下联的最后三字"三亩宅（平仄仄）""半塘秋（仄平平）"音韵平仄对仗十分工整，加之"绿围""红度"的半拟人手法，顿使联语平添几分感人力量。

②清影灵光腾凤岭　晖开丽日走龙图

这副联上下句首字嵌"清晖"，"凤岭"即大良的凤山；"走龙"即飞龙。在写景叙事中抒发了主人寄望"龙凤呈祥、吉祥如意"的美好意愿。

10. 某阁

①探名苑翩然华盖衣香景醉今时威风
　搜胜迹莞尔蓝天玉暖情深故里清晖

这副 15 字联语下联结尾嵌字"清晖"，楹联以真挚情感书写了清晖园的美丽优雅、名闻遐迩，以及游人观赏美景时的一往情深。

②探桂点秋糕小趋桐间月　寻梅来冷径清憩石边松

桂花永伴佳人，桂树可是香满天下、誉满天下的宝树，是崇高美好、吉祥如意的象征。古人常把梧桐和凤凰联系在一起，所以现在的人们常说"栽下梧桐树，自有凤凰来"，因此以前的殷实之家，常在院子里栽种梧桐，不但因为梧桐有气势，而且梧桐是祥瑞的象征。梅花是中国传统名花，它不仅是清雅俊逸的风度使古今诗人画家为它赞美，更以它的冰肌玉骨、凌寒留香被喻为民族的精华而为世人所敬重；中国人常把松树作为坚定、贞洁、长寿的象征。松、竹、梅世称"岁寒三友"，喻不畏逆境、战胜困难的坚韧精神。

在佛山名胜古迹的众多楹联中，这副 10 字联较具特色：在秋冬时日里"探桂""寻梅"，旅途中小憩于石崖松旁或梧桐树下，或是路旁小卖叫碟米糕，或是林间观赏明月哼首小曲……多么美妙的一幅悠闲自在的游乐图画！

③倚绿浣轻红满眼花光乱　吟香招小风如冰荔枝肥

这副 10 字联断句应为"倚绿浣轻红 / 满眼花光乱；吟香招小风 / 如冰荔

枝肥。"联语以精妙的笔触叙写春夏景致——花红柳绿风光好、轻风拂面荔枝肥，极具岭南生活气息。特别是联语中句首动词"倚""吟"和尾字形容词"乱""肥"的运用，准确生动，极富表现力。

11. 某亭

竹分山色为门径　石咽溪声似管弦

竹子枝杆挺拔、修长，四季青翠，凌霜傲雨，倍受中国人喜爱，与梅、兰、菊并称为四君子，与梅、松并称为岁寒三友，古今文人墨客，爱竹咏竹者众多。

此联以动（溪声）衬静（山色），"分""咽"以拟人手法对应，竹石辉映，门庭幽幽、溪水潺潺，优美的意境衬托出主人的高雅品质。

12. 八角楼

①清晖园内细品奇石紫藤荷塘月影　八角楼中笑谈五湖四海世事人生

14字楹联在名胜古迹中为数不多，但此联却写得独到精妙。上下联嵌字"清晖园""八角楼"，以大括小，"面"里含"点"，可谓周到。

②得山水清气　极天地大观

"得山水清气,极天地大观",原是清代名仕吴青题于无锡惠山至德祠的楹联,描绘万物造化中蕴涵的山水精神。其意思是:获得山水精神,尽赏天地景象。寥寥 10 字,凸显亭阁之妙,是极佳妙对。

13. 某池

①过桥分野色　移石动云根

此联出自唐代诗人贾岛《题李凝幽居》: "闲居少邻并,草径入荒园。鸟宿池边树,僧敲月下门。过桥分野色,移石动云根。暂去还来此,幽期不负言。"全联的意思是:走过小桥呈现出原野迷人的景色,云脚正在飘动,好像山石在移动。

②　苔痕绿壁漫　花气到帘留

此联出自清黄遵宪诗句。意思是:满满的苔痕铺满了墙壁,浮动的花香在帘枙上流连不去。

此二副 5 字联叙事写景结合,两副楹联文字简洁、气韵流畅,几无瑕疵。

14. 某苑

①清风遇竹有生趣　　流水娱人无尽期

此 7 字联融叙事、写景、议论、抒情于一体,看似平淡的叙写中饱含深刻的哲理和规律,读来给人以丰富之想象与启迪。

②细石平流游鱼可数　　小山芳树珍禽时来

此联原为梁启超题某庭联。上联"细石平流"看似违背常理,但因后有"游鱼"而顿见哲理情趣:因为鱼游之故,所以细沙可流;因为花树芳香,所以时有飞禽光顾。如此美妙庭院,怎不叫游人流连忘返?

15. 读云轩

①白菡萏开含露重　红蜻蜓去带香飞

此联描绘的是一幅充满生机的春夏荷塘晨景图,白色的荷花含露开放,红色的蜻蜓在花蕊中来回飞舞——书轩外的这幅美妙图景，给人以心旷神怡之感。

②**风静带兰气　日长娱竹阴**

出自《兰亭序集字联》。同样以竹、兰写书轩的宁静、雅致，但这副5字联却写得十分简洁，富含哲理。

③**萝月弹琴松风握尘　蕉窗读书竹径谈诗**

从这副8字联所描叙的情境中，我们脑海中浮现出这样的画面：主人在月夜松下弹琴放歌，在芭蕉窗前静坐读书，或与友人竹径谈诗……书轩的宁静优美、主人的博学高雅，尽在这看似平淡无奇的字里行间凸显无余。

16. 某展厅

千顷鱼塘千亩蔗　万家桑土万家弦

这副 7 字联言简意赅，上下句都采用反复手法，满含真挚情感书写珠三角地区丰富的桑基鱼塘农业发展的状况。不仅如此，因为岭南渔业发达、甘蔗甜润、蚕丝细柔，这丰收的喜悦让人们自然而然地从纺织的弦想到了弹琴唱歌的"弦"，所以说，这副联之创意也显得新颖别致。

17. 凤来亭

写个文疏映竹月　山行之字曲通花

此联意境也是极其优美与深邃，读来让人玩味不已。

（三）宝林寺

宝林寺原址在顺德区大良镇内的凤山南麓，初名柳波庵。始建于公元 10 世纪的五代南汉末期，宋代重修时扩大规模。元代高僧德钦在此潜修至圆寂，僧众在寺内建"肉身堂"安奉涂漆遗体。清康熙年间重修扩建后，易名"宝林寺"，取"净土七宝树林"之意。其后，县衙在寺内增建"万寿宫"，供吏员向帝、后祝寿及恭听"圣谕"之用。

楹联例说

宝林寺楹联以歌颂神仙帝王为主，或赞美今人重建宝寺伟绩，或描摹宝山雄伟壮丽，或借仙佛劝人向善弃恶等等,尽显寺庙风格特征。

1. 正门大牌坊

①伟绩数今朝泽及禅台古刹重光佛法无边开胜景

宏图跨世纪政施福地灵山焕彩仙层难界伴游踪

宗教是一种社会现象。佛教自汉代传入中国后，融合了中国的民族文化，使之更为丰富多彩，历经两晋、南北朝、隋唐，禅宗思想发扬光大，影响了后代佛教文化的发展。

珠江三角洲，悠悠历史，沧海桑田，随着中原文化的南传，佛教文化也随之南播，作为一种宗教信仰，佛教文化也为群众所信奉。隋唐时代，佛教进入鼎盛时期，岭南地区也佛寺广布，僧人在朝府的扶持下，在风景秀丽的名山建立了寺院。

惠能所传禅宗的南宗五大家，其中沩仰、云门、法眼三家，宋代以后皆失传，只有临济、曹洞二家并存，临济宗主张"看话禅"，即参看话头之禅；而曹洞宗则提倡"默照禅"，即寂默静照之禅。

宝林寺传承法统，是属临济宗，宝林寺的诞生，则奠定了宝林寺在岭南佛教史上的地位。

原顺德宝林寺位于顺德大良镇南门外凤山南麓，山如凤凰展翅般蜿蜒绵亘，树木葱茏，苍翠峭拔，它依山傍水，景色清幽。宝林寺因集佛教庙宇、文物古迹于一体在历代享有盛名，是一处历史文化内涵十分丰富的文化宝藏。

当地有俗语云："未有顺德，先有宝林"。一千多年前，古太艮村，地控蛮烟，险连金陡，太艮峡穿山而过，柳波港帆樯掩映，港侧慧桥，给迷离的水光留下亭亭玉立的情影。五代之南汉殇帝光天一年（公元942年），佛教已在珠江三角洲地区广泛传播，昔有僧人在此建简朴僧舍，初名曰："柳波庵"，庵内先建有观音殿，殿内的观音塑像相传是唐代的珍贵塑品，至宋代一直都以供奉观音为主。时至南宋，殿内建筑颓败衰落，宁宗开禧年间，重修殿堂。宋末度宗咸淳年间，禅风席卷天下，江西名僧德钦和尚云游至此，见柳波庵背山临水，古木扶疏，且有泉水清幽之胜，即率领众徒，留居于此，并购置田产，耕作潜修，逐步扩大。柳波庵所处的太艮峡，背山绕水，面向南方，形成风水宝地，德钦主持，开创法河，登坛说法，前来听经的人渐次增多，他广泛传播禅宗要旨，引导信徒体悟佛性，将佛学发扬光大。一日，德钦早起焚香，沐浴更衣坐法。先一夕，其徒谭甲梦德钦求木龛，侵晨诣之，已寂。弟子与谭甲将其遗骸漆布傅其肉身，放进龛中，供奉于观音殿中，并书联语："至道无言从北宋，法身不老等南华"。至20世纪50年代，在拆宝林寺时，肉身被毁掉。

宋元两代禅宗临济派经过长时间的调整，为明清两代的复兴打下了更为坚实的人文基础。明代末期，因时世不景，赋税沉重，柳波庵实在难以维持，故被迫将原产业典当及变卖，逐渐使僧徒四散，庵一度荒废。

明朝万历年间，顺德龙山乡人柯离际，法号道丘，别号栖壑，经本师碧崖长老介绍，投到韶关南华寺（晋时初名为宝林寺）憨山禅师门下修学佛法。明崇祯八年，为创建肇庆庆云寺作出了巨大贡献。

清康熙初年，肇庆庆云寺僧人元亮，字浩则，路经大良，观凤山如凤凰展翅，柳波庵如凤之口，口吐莲花，不禁心动；见此凤山胜景，他认定这是一块佛门胜地，并预言日后佛法禅宗必定在这里发扬光大，为推动顺德佛教的复兴，为弘扬临济宗的禅法，立志留庵长居。元亮深得县人敬重，他集资捐助，赎回田产，扩建庵堂，恢复寺院产业。当时庵内种植了七株参天古木，宛如西天宝林之山，元亮取其"净土七宝树"之意（阿弥陀经所说的七宝是：

金、银、琉璃、珊瑚、琥珀、砗磲、玛瑙），故随即将柳波庵易名为"宝林寺"。继后他在这里广栽树木，使宝林寺面貌渐渐改观。元亮对于禅宗临济的弘扬不遗余力，使宝林寺越加显赫。

康熙十六年，知县时应泰（辽宁金州人，十五年任）捐俸禄赎回原田二百亩，收取田租以供养僧众，由是古刹始有生色。此时，宝林寺经过扩建、修葺，其建筑已颇具规模，共四庭五进，盖有头山门、天王殿、大雄宝殿、禅堂、方丈说法堂、伽蓝堂、祖堂、客堂、肉身堂及僧房、库房、斋舍等十余座。天王殿供弥勒、韦驮、四大天王、关帝等，大雄宝殿供奉三方佛祖、十八罗汉、六祖慧能及地藏菩萨，客堂主要供奉千手千眼观世音菩萨。当时有僧徒三十余人，藏频伽经1916种，分8416卷，合414册。另外，宝林僧人重视植树绿化，保护环境，种菩提树数株，浓荫如盖，成为丛林中风水之树。

宝林寺成为地方首刹，人们视之为胜地，每遇国家大典或开读朝廷诏令，则地方长官绅耆仍集合寺庭举礼。随后县衙在寺内增设万寿宫，供文武官员向帝、后祝寿及恭听"圣谕"。

宝林寺作为佛教场所，历经整个清代，香火兴盛，寺庙规模逐渐扩大，殿堂雄伟。寺内所植的菩提树，枝繁叶茂；还有苍劲如虬龙的榕树，掩映在绿荫之中，因而吸引众多游人香客。每逢佛诞、观音诞及每月初一、十五，附近信众、香客以及商贾来寺朝拜者络绎不绝，人流如潮。人们都说宝林寺德钦肉身最灵验，"去求肉身"遂成为当时世俗的一句口头语，此为宝林寺最鼎盛的时期。"苦海无边，回头是岸；禅关有路，捷足先登"是清末民初山门的楹联。

20世纪上半叶，由于连年战争，不少寺庵毁于兵火，民间佛教信仰处于自生自灭的自流状态，但是由于佛教教义深入人心，群众信仰和民族风俗习惯结合起来形成世俗化的宗教，许多人虽非佛教徒，也乐于支持佛教活动。抗战时期，宝林寺由肇庆鼎湖高僧铁航禅师（俗称铁僧大师）主持，其为人厚道，乐善施医，享负盛名，对地方的恶势力也起了克制作用。顺德沦陷后，宝林寺驻进了日军，成了日寇的营地。同时，我党的地下工作者也打入了宝林寺，共产党员培德和尚，深入虎穴，搜集鬼子的情报，宝林寺成了广游二支队的联络点，铁僧也不避艰难，把受伤的游击队接进宝林寺隐藏起来，为抗日战争作出了一定的贡献。

20世纪40年代后期，国民政府省府秘书长、省政府委员岑学吕归隐潜修佛法，曾一度皈依铁僧和尚。宝林寺还有另一个僧人翁袭常，他行医济世，主治眼疾，四乡百姓求之甚众，其医德医道，深受世人所爱。

中华人民共和国成立初期（1950—1952），宝林寺由地方政府接管，将部分建筑划为人民解放军驻顺德部队某连的驻地。这时候，宝林寺僧众尚有十余人，侍奉佛祖香烟，寺内佛像仍供佛信徒参拜。1951年农历三月十五，铁僧早起诵经，不幸遭匪谋害遇难。

1952年部队撤离驻地，政府安排了寺院右边建筑群为大良镇立第一小学校址。1955年后经破除"迷信"运动，寺内佛像和法器荡然无存，寺院改为"顺德县文化馆"，后扩大为文化公园。

20世纪90年代，原宝林寺周围土地逼仄不堪，原址修复难呈旧貌。经市委统战部宗教科接受海内外善信意见，呈报广东省宗教事务局并获批准，由市有关人士组成筹建委员会募资易地重建，重建选址在大良南郊太平山麓，新寺依山构筑，巍峨壮观，成为顺德旅游一大景点。

这副楹联，它的断句是"伟绩数今朝/泽及禅台/古刹重光/佛法无边开胜景；宏图跨世纪/政施福地/灵山焕彩/仙层难界伴游踪"，"5字/4字/4字/7字"结构。全联40字，内容却涵盖了宝林寺重建以及宝寺重建后给广大信众带来的福祉等诸多内容，可算言简意赅一佳联。只是"难（nán）界"这一动词，因对应"无边"，按常理应理解为"难于界定"，但与前面的"仙层"组合，容易让人误解为联合词组"仙层难（nàn）界"，即"神仙境地受难领域"，从而产生歧义。

②寺立雄山峻峭千层横抱群山秀丽
　佛临宝地逍遥百步尽收胜地风光

③凤起青云一笔凌霄太平山秀腾霞现
　龙盘胜地千峰环抱德胜江风扑面来

大良城有德胜河穿流而过，而顺德宝林寺就坐落在大良太平山西麓，于是③联有"太平山秀"和"德胜江风"之说。同时，宝林寺于明山秀水之中，取"龙跃天门，虎卧凤阁"之山势，因而又道"雄山峻峭""宝地逍遥"。宝林寺依山构筑，巍峨壮观，成为顺德旅游一大新景点，以"群山秀丽""胜地风光"结句，所描绘景物并非夸张。

④宝刹潜修彻悟真如无我相　林间静炼方知妙境有禅缘

上联的"真如"是个佛教术语。一般解释为不变的最高真理或本体。由于佛教各派解释不同，真如的分类也各异。例如《佛地经论》卷七举出一切法真如发挥法空无我、实性无颠倒性等教义，提出两种真如（生空无我、法空无我），三种真如（善、不善、无记）乃至十种真如。下联的"妙境"，指神奇美妙的境界；"禅缘"，禅，是淡泊之心，寡欲之念，清净之想，随缘之情。禅缘，就是情缘、姻缘、人缘，缘来缘去，缘来珍惜，缘去随意，不刻意、不强求，一切顺其自然。

这副 11 字联给广大信众以善意提醒：入得寺庙禅院，理当静心修炼，方可领悟佛家真谛，感受禅道妙境。

2. 天王殿

天王殿，又称弥勒殿，是佛教寺院内的第一重殿，殿内正中供奉着弥勒塑像，左右供奉着四大天王塑像，背面供奉韦驮天塑像，因此得名。

天王殿最初多见于净土宗寺院，中国禅宗本不供弥勒，但两宋之后中国佛教出现禅净双修的局面，所以天王殿开始出现在大部分中国寺院里。

顺德宝林寺主体殿阁依山而建，气势恢宏，古朴庄严。拾级而上，先入山门（哼哈二将分列两旁），再登天王殿。

①大愿船普度众生有缘得度　波罗海诞登彼岸为善先登

寺庙是庄严肃穆的地方，但往往可见这样一尊佛，他坦腹趺坐，腰肢极粗大；他笑口常开，神情很温和。这尊令人忍俊不禁的佛，就是弥勒佛。

弥勒菩萨（梵文 Maitreya），意译为慈氏，音译为梅呾利耶、梅怛俪药，佛教八大菩萨之一，大乘佛教经典中又常被称为阿逸多菩萨，是释迦牟尼佛（如来佛）的继任者，常被尊称为弥勒佛。被唯识学派奉为鼻祖，其庞大思想体系由无著、世亲菩萨阐释弘扬，深受中国佛教大师道安和玄奘的推崇。

据经书记载，弥勒佛原是天竺南部人，姓弥勒，名阿逸多，出身于婆罗门贵族家庭。他跟随释迦牟尼传道，受尽磨难，终于修成正果，立地成佛。弥勒佛是仅次于释迦牟尼位尊的，处于续补地位的佛，在《贤劫千佛（佛有千尊）》中排行第五。弥勒在西方的兜率天内院经历了四千佛岁（合人间五十六亿七千万年）的劫难，于公元前五百余年轮回下生人间，辅弼释迦牟尼。后来他因缘已尽，跳出三界，在华林园华林树下，以"三会之说法"化了一切，成"天人正觉"。

其姓弥勒，在古天竺语中是慈和、慈祥之意；其名阿逸多，是无人能胜、无往而不胜的意思，据说此尊最著名的功法便是"慈心三昧"，他在人间播道时，总是笑嘻嘻的，令众人心生好感。弥勒佛也是佛教中的"未来佛"。

弥勒佛的笑容有几分神秘。据某些高僧说，在同一时间、同一地点，从不同的角度，因崇拜者不同的心境，看弥勒佛的笑容都不一样，佛会呈现出微笑、略笑、欢笑、冷笑、嘲笑、苦笑、假笑……

四大天王在中国寺庙里，不但形象被彻底汉化，皆为中国古代虎将打扮，而且将四神赋予中国式寓意。在《封神演义》中，姜子牙奉太上元始之命，敕封魔四兄弟道："今特敕封尔为四大天王之职，辅弼西方教典，立地水火风之相，护国安民，掌风调雨顺之权，永修厥职，毋忝新纶。"大概受此敕封，古印度的佛教护法神，就成中国式的护法神了。

据清·霍灏《通俗篇》载：寺内四大金刚各执一物，俗谓"风调雨顺"四字：执剑者，风也；执琵琶者，调也；执伞者，雨也；执龙者，顺也。风调雨顺，预祝五谷丰登、国泰民安之意。而四大天王之塑像，却被造神者塑成横眉怒目、凶猛威武形象，说明佛教护法神之庄严可畏。

此联妙在将"度"和"登"回应重复，说明"有缘"与"为善"是"度"和"登"的根本原因，大大增强了联语的表达效果。

②笑眼看人生凡夫谁能似我　　宽肠藏世态俗子可否容他

这副11字对，完全模拟弥勒佛的口气，上联突出弥勒佛之笑眼非人能及，下联告诫世人做事应宽大为怀，不要小肚鸡肠。

3. 大雄宝殿

在佛教寺院中，大雄宝殿就是正殿，也有的称为大殿。大雄宝殿是整座寺院的核心建筑，也是僧众朝暮集中修持的地方。大雄宝殿中供奉本师释迦牟尼佛的佛像。大雄是佛的德号。大者，是包含万有的意思；雄者，是摄伏群魔的意思。因为释迦牟尼佛具足圆觉智慧，能雄镇大千世界，因此佛弟子尊称他为大雄。宝殿的宝，是指佛法僧三宝。

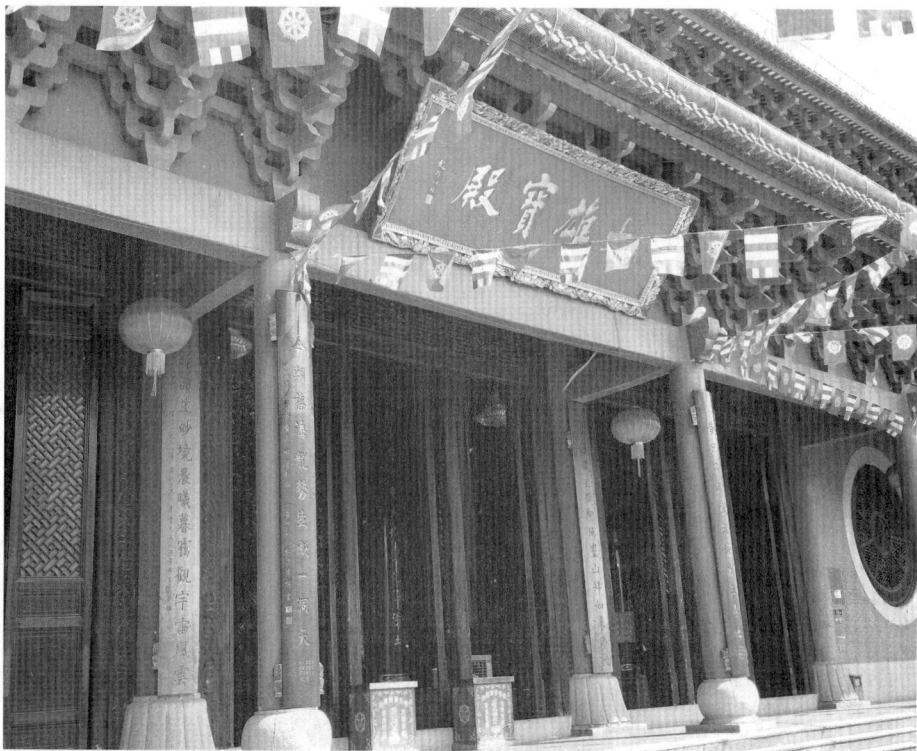

①登宝殿识玄机圣地灵山拜如来佛祖
　听林涛生妙境晨曦落霭观宇宙风云

释迦牟尼（公元前 565 年—公元前 486 年），大约与我国孔子同时代。他是古印度北部迦毗罗卫国（今尼泊尔境内）的王子，属刹帝利种姓。据佛经记载，释迦牟尼在 19 岁时，有感于人世生、老、病、死等诸多苦恼，舍弃王族生活，出家修行。35 岁时，他在菩提树下大彻大悟，遂开启佛教，随即在印度北部、中部恒河流域一带传教。年八十在拘尸那迦城示现涅槃。

宝林寺的大雄宝殿修建于太平山高处，所以联中就有"听林涛生妙境晨曦落霭观宇宙风云"描叙。这副联上句"登宝殿（平仄仄）识玄机（仄平平）"和"圣地（仄仄）灵山（平平）"与下联"听林涛生妙境晨曦落霭"均属联中自对。突出了游人信众登临大雄宝殿的目的和所见美妙景物。

②昔日仙山凤形涌出三尊地　今朝福海龙势生成一洞天

真巧，此联与佛山祖庙灵应祠的"凤形涌出三尊地，龙势生成一洞天"（传说为李待问所作）虽大同小异，但"昔日仙山""今朝福海"4 字的增加，不仅使大雄宝殿更具传奇与神秘色彩，同时今昔对比又凸显了楹联的主旨效果。

4. 客堂

佛法无边参妙谛
经文有序示真藏

客堂为寺院日常工作的管理中心，负责对外的联络，宾客、居士、云游僧的接待，本寺院各堂口的协调，僧众的考勤和纪律，各殿堂的管理，以及寺院的消防、治安等。客堂集外交、内务于一体，事情十分繁杂。客堂还接送方丈手谕的牌告，及时传递着寺内的信息。如本日

佛事内容及参加人员，或者其它有关僧众生活行动的消息。

"佛法"，指佛所说之教法，包括各种教义，及其所表达之佛教真理。谓修行应有广大心、无边心。无边心就是心不落两边，与不二心同义，也就是不要有分别心。今之俗语多套用"佛法无边"一语，比喻神通广大，无所不能。

5. 禅堂

禅堂，犹禅房。"坐禅堂"的略称，亦作"僧堂"，是众僧坐禅用的堂室，佛徒打坐习静之所。

妙谛真传从至道　禅修静恬养明心

这副7字联完全紧扣禅堂功能作用，说明欲得真传必须遵从最高准则（或尊行最高德行），想要修身养性必须静心打坐，心无杂念。

6. 钟楼

警世钟响纸醉金迷宜觉醒
当头棒喝回心转意莫为非

宝林寺分别设有钟楼和鼓楼。鼓楼的鼓直径 2.6 米，钟楼的钟重 2.8 吨。此联应为鼓楼之作，但联语包含了钟楼叙写。

这副 11 字联紧扣"警钟"作用，告诫世人应当尊佛为善诚心做人，切莫为非作歹一意孤行。

7. 鼓楼

盛世钟鸣绕户竹声传佛偈
禅林鼓响当空水月涤尘襟

上联"佛偈"的"偈"音"jìe"，佛经中的唱词。上联"钟鸣"伴"佛偈"；下联以水月之"静"衬托"鼓声"之"动"。这里以钟鸣鼓响描摹出禅林寺庙的一派幽美宁静气氛，从而突出了寺庙禅院的作用与功能。

读着这副楹联，想着古刹鼓响，听着佛偈声声，你的心灵该是如何？

8. 斋堂

身正尤须心坎正
花香不及菜根香

斋堂指寺庙中用斋食的地

方或供斋戒用的房屋。

　　我国传统的中医理论强调内在因素的重要,佛教亦如此。此联既然紧扣斋堂,于是告诫人们"心坎正"和"菜根香"之重要,因为"身正"和"花香"都是外在的东西。

　　9. 半山亭

宝林揽尽山中趣

古刹能观世外天

　　"山中趣"自不必说,但"世外天"却有双关寓意,令人深思。

(四)西山庙

景点简介

　　顺德西山庙原名关帝庙,因建在顺德西山(凤山)山麓,故俗称西山庙。始建于明嘉靖二十年(1541年),历经重修、拓建。庙依山而建,面向东北,主体建筑沿纵轴线排列为山门、前殿、正殿二进,总面积约6000平方米。山门面阔五间,脊顶通饰石湾陶塑双面组画,均为《三国演义》故事题材,人物古朴传神。正面门额悬"西山庙"金漆木雕竖匾一块,其左右为晚清时石湾文逸安堂造的陶塑"二龙戏珠",下为砖雕"渭水求贤"及麒麟、凤凰等组画。

1. 正门

①愿天常生好人　愿人常行好事

6言楹联在佛山名胜古迹（古村）中不多见，况且此联是一副典型而特殊的流水对。那什么是流水对呢？一般的楹联，上联和下联是平行的两句话，各自意思完整。但也有一种对仗的上联和下联之间往往一气呵成，分别独立来读没有意义，至少是意义不全，这种楹联就称为流水对。此联上下联意思是：希望老天多生好人→希望好人多做好事→多做好事给世界多点和谐→和谐会给社会带来安定……联中"愿""常"采用"同字反复"属叠字联手法，温馨提示人们积德行善，世间便会多些美好和谐。为突出"天""人"顺序，这副联将上下句做了颠倒。

②碧阙嵯峨晓色先来红日近　　绿阶静穆灵光叠见彩云高

依山而建的西山庙在初升的太阳映照下碧瓦绿阶，一片静穆，正是信众祭祀的最佳时候。联中"红日近"对应"彩云高"，形象鲜明。

2. 正殿门

①地脉控三城，赖有圣神长作镇

　帝心超万古，相从神护亦传名

此联据说是清光绪二十一年(1895年)所刻。上联指顺德古城只有东、南、北三城门，西面建关帝庙于此；下联指追随关帝的周仓、关平也留名于世。殿堂之内，供奉关羽坐像，高两米，铜铸，重1500公斤，为清代早期之物。左右两侧分别为关平、周仓立像。

②忠孝仁勇照环宇　义礼廉节贯乾坤

这副联以极其真挚的情感歌颂了关羽的光辉形象。关羽（161—220年），字云长，河东解良（今山西运城）人，东汉末年蜀国名将。

关羽早期跟随刘备辗转各地，曾于白马坡斩杀袁绍大将颜良，与张飞一同被称为万人敌。赤壁之战后，刘备助东吴周瑜攻打南郡曹仁，另遣关羽绝北道，阻挡曹操援军，曹仁退走后，关羽被封为襄阳太守。刘备入益州，关羽留守荆州。建安二十四年，关羽围襄樊，曹操派于禁前来增援，关羽擒获于禁，斩杀庞德，威震华夏，曹操曾想迁都以避其锐。后曹操派徐晃前来增援，东吴吕蒙又偷袭荆州，关羽腹背受敌，兵败被杀。关羽去世后，逐渐被神化，被民间尊为"关公"，又称美髯公。历代朝廷多有褒封，清代奉为"忠义神武灵佑仁勇威显关圣大帝"，崇为"武圣"，与"文圣"孔子齐名。

3. 关羽座像侧

秉烛岂避嫌此夜一心只有汉　华容非报德当时两目已无曹

关于华容道关羽放走曹操一事，历来有几种说法。其中主流的一种是：赤壁之战后，诸葛亮料到曹操只有从华容道逃跑，派关羽去守华容道，是因为关羽是一个义气之人，曹操的不杀之恩，关羽早晚要还，这是诸葛亮的计策，这次曹操被捉的话，关羽必定会为之求情，不如让关羽了却心事，好好辅助刘备。古人都认死理，是没办法的事。这样，关羽必定会为此事感激诸葛亮，诸葛亮何乐而不为呢？《三国演义》上说曹操此时气数未尽，这也是一个因素。

其实很多人都在想为什么诸葛亮明明要放走曹操，又为什么要让关羽去华容道，而且还立军令状。书上明确说的就不写了。首先，诸葛亮在《三国演义》中智慧是无敌的存在，他能想到关羽会怎么做。但是，这样做有什么意义呢？

一是让关羽还了曹操的情。关羽在曹操那儿的时候受了曹操大恩，杀颜良文丑虽然算报恩，但是也抵不了过五关斩六将。但这次就不一样了，关羽当时完全有能力将曹操一网打尽，如果放了曹操的话，该是曹操欠关羽的情了。不过，曹操这个人对于礼义廉耻不屑一顾，要他报恩不太可能，而关羽不一样。赤壁之战后刘备集团急剧膨胀，完全有单挑一方的实力。如果关羽没有去华容道放曹操，难免以后遇到的时候会手软，那就误了刘备大事。

还有一个原因，是关羽为什么要立军令状。刘备三顾茅庐请到诸葛亮，关羽和张飞都很不爽，这个从后面的许多事情都可以看出来。而诸葛亮却设了个局，让关羽去守最后一道关并立军令状，而关羽放了曹操，这个按照军令该杀，虽然有众人求情，但如果诸葛亮故意刁难的话是完全可以斩他的，毕竟军令如山。而诸葛亮没有杀他，按道理来说关羽已经欠了诸葛亮一条命，关羽熟读《春秋》，颇知礼义。曹操对他有恩但还没有到救命程度，而且身为敌对双方，他都可以冒着杀头的危险放他，更不要说诸葛亮这个对他有"救命"之恩而且属于同一阵营的人了。可以想象，从此以后关羽必定是心悦诚服地在诸葛亮手下办事，不会像以前一样多有怨言了。而张飞属于直肠子更好办，已经搞定两个兄长，只要平时不去主动招惹他，多让他打点仗，完全无压力。

这副 12 字联，当然是站在维护关羽形象一边，因此上联说关羽"一心只有汉"，下联补叙他"两目已无曹"。兰州鲍宗儒题关帝庙联曰："秉烛岂因嫌此夜心中忆汉， 释奸非报德当日眼底无曹" 相比之下，西山庙的这副楹联更显通俗易懂。

4. 罗汉堂

罗汉重开宝象　祥云再护西山

这副 6 字联为西山庙某次重修后的创作，故有"重开"与"再护"之说。

5. 观音堂

愿济万家成活佛　且凭千臂度苍生

观音是中国民间流传最广泛的人物，她的形象遍布全国各地的寺庙之中，绘画、雕塑及许多工艺品中也有其形象，她集智慧、慈悲、救苦救难等良好品德和真善美于一身，受到人们广泛的爱戴和尊重。

据佛教典籍记载，千手观音菩萨的千手表示遍护众生，千眼则表示遍观世间。唐代以后，千手观音像在中国许多寺院中渐渐作为主像被供奉。千手观音的形象，常以四十二手象征千手，每一手中各有一眼。眼表见性，手表妙用。

佛教认为，众生的苦难和烦恼多种多样，众生的需求和愿望不尽相同，因此，就应有众多的无边法力和智慧去度济众生。据《千手千眼观世音菩萨广大圆满无碍大悲心陀罗尼经》说，观世音菩萨在过去无量劫，听千光王静住如来讲《广大圆满无碍大悲心陀罗尼经》时，为利益一切众生，"即发誓言，若我当来堪能利益安乐一切众生者，令我即时身千手千眼具足"，"发誓愿已，应时身千手千眼悉皆具足"，变现出如意宝珠、日精摩尼宝珠、葡萄手、甘露手、白佛手、杨柳枝手等。无论众生是想渴求财富，还是想消灾免病，千手观音都能大发慈悲，解除诸般苦难，广施百般利乐。在佛教看来，只要虔诚地信奉千手观音，就有"息灾""增益""敬爱""降伏"等四大好处。

这副 7 字楹联模拟观音口吻，高度赞美了观音菩萨智慧、慈悲、救苦救难等良好品德。

（五）凤岭公园

景点简介

大良辖区内名胜古迹荟萃。其中凤岭公园也是一处不可多得的名胜。（157 页图为公园内的烈士纪念碑。）

凤山，亦名凤岭，因其山体似凤而名之。园以山为依托，依山而建，故

谓之凤岭公园，由大良镇政府出资兴建，凤城青少年宫管理，总占地13.3万平方米，环境幽雅，风景秀丽，是市民旅游、观光、消闲、娱乐的最佳场所之一。

凤山北麓始建于明代、扬名海内外的西山庙建筑群，凤岭南面，入口牌坊一座，书坛泰斗启功先生所题"凤岭公园"镌刻其上，赫然醒目，整座牌坊由花岗石雕砌，坊柱以形体各异的百个"凤"字雕饰，造型气派、典雅，巍巍壮观。

楹联例说

凤岭公园的楹联以亭、台、廊、阁的装饰联为重，紧扣园内景物或大良风土人情，风格秀美典雅。

1. 凤鸣阁

①有凤来仪城标青史　　和鸣载舞苑列紫亭

凤凰是中国神话传说中的神异动物和百鸟之王，亦称为朱鸟、丹鸟、火鸟、鹍鸡等，在西方神话里又叫火鸟、不死鸟，形象一般为尾巴比较长的火烈鸟，并周身是火，估计是人们对火烈鸟加以神话加工、演化而来的。神话中说，凤凰每次死后，会周身燃起大火，然后其在烈火中获得重生，并获得较之以前更强大的生命力，称之为"凤凰涅槃"。如此周而复始，凤凰获得了永生，故有"不死鸟"的名称。凤凰和麒麟一样，是雌雄统称，雄为凤，雌为凰，其总称为凤凰，因此凤凰一词为合成词结构。凤凰齐飞，是吉祥和谐的象征。它跟龙的形象一样，愈往后愈复杂，有了鸿头、麟臀、蛇颈、鱼尾纹、龟躯、燕子的下巴、鸡的嘴。自古以来凤凰是中华民族文化中的重要元素，是一种代表幸福的灵物。

大良又叫凤城，西山又叫凤山，山高处叫凤岭，在凤岭之上建造亭台，取名曰"凤鸣阁"。登临凤鸣阁，凭栏俯瞰，美丽之地，无限风光。清晨，旭日东升，霞光万丈，遍山曙光浮泛，层林尽染，凤岭朝晖，叹为观止；夜幕徐降，兴致而来，华灯初放，犹如星河灿烂。

这副联紧扣凤凰传说，联系大良古今历史，饱含深情地赞美了大良城、凤岭公园、凤鸣阁。只有身临其境，你才有切身体会。

②**极目未穷吾土美　层林常占岭南春**

"极目"，放眼瞭望。"穷"，尽。"占"，即存在。这副7字联在赞美凤岭公园秀美景色的同时，满含深情地抒发了对大良、顺德美景的无限喜爱。

2. 聚贤亭

选胜启志怀今古　寻芳邂逅有时贤

大良作为顺德区政府所在地，可谓人杰地灵，英才辈出，积淀着深厚的文化底蕴。明清两代涌现了一大批杰出的书画名家和曲艺名人。明代有画圣之称的李子长，清代乾嘉年间诗坛"岭南四家"的丹书、吕翔、吕培，清道光年间章草名家罗复堪，明清时代以及近代曲艺名人罗癭公、白驹荣等均为大良历史上杰出的文化名人。

"启志"意即忽然想起（某事某人）。"选胜"和"寻芳"都指游览（山川景物）。"邂逅"（音xiè hòu），意思是不期而遇，一朝邂逅成相识。

3. 思源亭

乐园崖上思前哲　紫楼亭旁荫后人

"饮水思源""知恩图报"是中华民族所秉承的传统美德，这副联字里行间表达的就是一种孝慈感情。

4. 弈舍

①**弈里玄机妙　舍中智慧圆**

"弈"，形声字，从廾，亦声。本义：

下围棋。"弈舍"，即下围棋的房间。这副 5 字联嵌字"弈舍""妙""圆"，突出了"博弈"的本质和特征，文字简洁，含义深刻，可谓嘉联。

②卉香侵客座　林霭润棋心

"卉"指花草，"霭"指云雾水气。这副联描绘了弈舍优美宁静的环境，抒发了对弈舍的喜爱之情。其中两个动词"侵""润"用得极佳，具拟人色彩。

（六）杏坛逢简村

逢简村属顺德杏坛镇。杏坛镇位于顺德西南部，距顺德区政府所在地大良镇 13 公里，距广州市约 50 公里、香港 80 海里、澳门 108 公里。全镇总面积 121 平方公里，辖下 24 个村委会，6 个居委会。2004 年常住人口约 12.4 万，流动人口约 3 万人，海外华侨港澳台同胞 5 万多人。镇内绝大部分是江河冲积平原，河网交错，土地肥沃，是珠江三角洲知名水乡。改革开放以来，杏坛镇充分发挥自身的优势，打造"科技工业、生态农业、水乡文化"三大品牌战略，经济和社会发展取得了显著进步。

村况简介

逢简水乡地处顺德区杏坛镇北端，锦鲤江畔，水资源以及水环境极优。绕村居水道达十公里有余，辖区水道达 28 公里之多。水天一色，碧波荡漾，曲折迂回有不尽之感觉。远离烦嚣，空气清新宜人，自然环境和谐，岭南古村格局犹存。古屋有百余间，古树遍布，石板古道纵横，绿树成荫、鸟语花香，一派诗情画意。

逢简村属冲积平原，河涌纵横交错，全村河涌总长度达 23.8 千米，其中环村心河长三千多米。河岸砌筑石堤，到处是码头（埠头），河道两旁是石板小路，遍种树木，绿树成荫。村民沿河而居，构成一幅"小桥流水人家"的美丽画卷，颇有"苏杭水巷多，家家尽枕河"的韵味。

1975 年在该村碧梧坊曾挖掘出一批文物（现保存于顺德区博物馆），经考证，属于东西汉文化遗址，说明东西汉时此地已有人迹。据《顺德县志》记载，逢简村自汉、唐时代已有人聚居，在南宋嘉定年（公元 1208 至 1224 年）以前，就有潘、钟、莫、薛、欧、逢、简等姓氏聚居。"逢简"这个村名也是取于当时"逢简"二姓，后来"逢"字演变成"逢"字。宋末年间相继有刘、梁、李姓迁来定居，以后亦有黎、冯、陈姓迁入。历经近千年繁衍生息，清末鼎盛时人口达 1 万多人。

该村自明清以来，文风鼎盛，校庠私塾遍立，人才辈出，科场得意的人颇多，普及教育蔚然成风。村中建有文阁一座，书院三间（即黎光书院、雍和书院、锦江书院），明万历年间建有社学二间（即天章社学、圹头社学），至道光年间，两社学合并，统名"天章社学"。该村学风鼎盛，据说自建村以来出过十多位进士，还出过冯氏一门八秀才，梁家三兄弟同是翰林（梁銮藻、梁骊藻、梁骥藻，曾有刻着"同胞兄弟三科甲"的高脚牌两个），历朝任县以上职务的达 70 多人。在这些名人贤士中，以宋宁宗浙江省参政李仕修、元至正广东副都元帅梁祐、明崇祯云南都指挥使刘琦等较为出名。另外，该村广传有"掘尾龙拜山""九龙出洞""六祖庙宝石胜迹""逢简八景"等颇多的民间传说，也有划龙船、舞龙、舞狮、锣鼓柜等传统的文化艺术。

楹联例说

逢简村楹联以宗祠为重，大都能紧扣古今史实，颇具简洁典雅风格。

1.展廊

①五溪流昔韵　　三桥耀今朝

②民俗存古意　　社情颂今谣

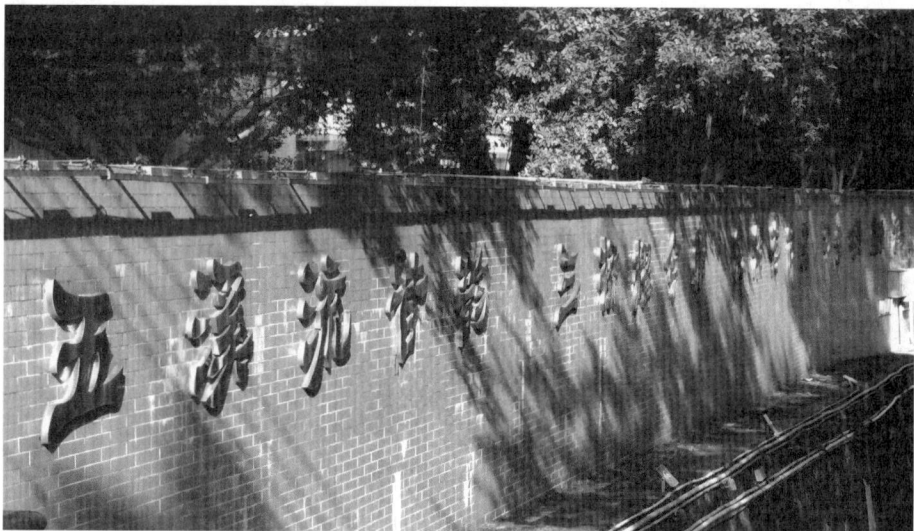

①联的"五溪"属虚指，泛指逢简村由冲积平原形成，河涌纵横交错，①联的"三桥"基本是实写，有两个含义：一是村内有各种桥30多座，其中的三孔石拱桥——明远桥最著名。此桥见证了逢简的千年历史，从而首推为佛山市三孔桥之古魁，成为省级文物。二是因为逢简村古时有巨济桥、明远桥、金鳌桥、青江桥等四座石拱桥。这两副5字联以极其简练的文字，高度概括了逢简村多溪水、多石桥、多名人与民风古朴等特点。稍有不足的是上联"溪""昔"音近，若以粤方言判读，倒也工整。②联的"民俗"指的是至今仍保留的划龙船、舞龙、舞狮、锣鼓柜、出色等传统的文化。

2.刘氏大宗祠

①追远常辉阁道台门千秋不老　　子孙荣发文魁武尉万世流芳

明永乐十三年（1415年），刘氏五世祖刘观成，"始率族建祠"。明天

启年间（1621—1627）进行过修缮，扩建东西钟、鼓二楼及周边楼阁等。清嘉庆年间、2000 年、2002 年均有重修。坐北向南，三出三进四合院式结构，总面阔 32.20 米，总进深 85.50 米，占地面积 2600 多平方米，建筑面积 1115 平方米。硬山顶，龙舟脊，青砖墙。是顺德年代较为久远，造型较为独特的宗族建筑。内有乾坤二门和钟鼓二楼。中路面阔五间，前后三进。东路有"阁道"、钟楼，西路有"台门"、鼓楼。中座悬挂"追远堂"牌匾。堂前有墀池，墀池左右有石狮子各一，台周有白护栏。2006 年 1 月 8 日公布为顺德区文物保护单位。2008 年 11 月被列入广东省第五批文物保护单位。

从河涌隔岸看刘氏大宗祠，必会惊叹一声宏大！"五间三进"的构筑，在岭南是不多见的。祠堂资源丰富的顺德，如此大规模的祠堂，也仅有乐从陈氏大宗祠、杏坛黄氏大宗祠、碧江尊明堂苏公祠、北滘郑氏大宗祠、逢简刘氏大宗祠 5 间。而刘氏大宗祠显得大方气派，使大宗祠之下的各房分支祠，均相形见绌，成为当之无愧的宗族核心。

这副 12 字联是"追远堂"门联，上句镶嵌"追远""阁道""台门"，下句以"子孙""文魁""武尉"呼应。

②脉派金刘宝地发众枝
承缵西汉功业荣万代

上联"脉"，血统、宗派等相承的系；"派"，有两个意思：1. 水的支流。2. 一个系统的分支。下联承缵（zuǎn），即继承。"荣"，形容词用作动词，使动用法，即"使万代荣耀"。

逢简刘氏源流简介

中国刘姓人口众多者主要三支：刘胜大宗、刘发大宗和刘向刘器的彭城大宗。我应莘公乃逢简刘氏始祖原籍广东南雄人，字如尹号耕乐又号少雄。于南宋末年咸淳挂冠南下广州，避居新会糖坊，后隐居逢简，在新会号少雄，在逢简号耕乐，以示隐居以田园生活为乐，娶高氏林氏生四子。

据家乘所载：公乃南宋人是秦上八世祖世杰公之子，登进士宦刺雄州，其先祖为唐高祖刑部侍郎、散骑常侍彭城县公别号刘德威，而德威公乃西汉宣帝之第四子楚孝王刘嚣裔孙。在桂阳历四代谱称为桂阳祖，审礼公德威公及之前之祖便是彭城祖了。唐乾宁年间（公元894年）桂阳五世祖公南迁到南雄，创慕上祖。历十世之后，十世祖之应莘公又迁来逢简，为逢简新会糖坊、中山赣鱼刘氏始祖。

逢简刘氏在明清两朝功名科甲接踵而来，明万历至崇祯年间考取进士者二人，中举人者八人，其中刘琦夺得武进士沿胜云南都史司连帅金乔将军镇守云南，在清代考取进士者二人，中举人者十三人，刘在修和刘琦两家均出现祖孙四代科甲，被人敬重扬名乡梓，此时乃我族鼎盛之期。

而今在逢简居住的刘氏人口约二千人，由逢简分支外的兄弟子侄不少，番禺东圃石溪之刘姓是我八世清叟公之子斋……

汉高祖刘邦

③**黎光普照彭城郡　桂实腾芳追远堂**

刘姓先祖在河北唐县，两汉时期，经长安和洛阳向全国各地辐射。据1987年中国社科院遗传研究所杜若普通过计算机系统分析，刘氏为全国十大姓氏之一，排在第四位。②③联说的是逢简村刘氏源自陕西彭城，后于广东顺德开枝散叶的历史事实，字里行间饱含真情。

3. 和之梁公祠

汴水遡渊源支流广大
梁园绕雨露奕叶绵长

梁启，是逢简梁氏始祖，祖籍河南汴梁，官至武经大夫、岭南招讨史。因受同朝官员诬害，辞官隐于民间。南宋灭亡，曾集结义兵，投马良麾下，抗击元军，后为王守信所败，南下隐居杏坛古粉村，后迁居逢简。"汴水"，代指河南。

（七）北滘碧江金楼

村况简介

碧江村属顺德北滘镇。北滘，古称"百滘"，意为"百河交错、水网密集"，位于佛山市顺德区的东北部，地理位置优越，水陆交通便利。区域内有广珠西线、佛山一环，以及广珠轻轨北滘站、广州新火车站等交通设施连接广州和港澳。全镇总面积92平方公里，常住人口26万人，户籍人口11万人。下辖9个居委会10个村委会。是全国重点镇，广东省省级中心镇之一。

碧江村始建于南宋初年，因有一小山岗而称"碧岗"，粤方言"岗""江"

同音，久而久之，村名便改成了"碧江"。由于陈村、紫坭、石壁三条水道在这里相汇，所以碧江一直是广州往来西江、北江船只的必经之地，优越的地理位置催生了经济的繁荣。

村内的碧江金楼，属明清时期建筑，已有几百年历史。这座昔日苏丕文诗书会友的书斋和藏书楼，因内外镶嵌着大量精致的金漆木雕而俗称"金楼"。贴金固然奢华夺目，但是这座金楼之所以会声名远播，则是因为一个女子的到来，碧江村民也亲切地把这个故事冠上了"金屋藏娇"的典故。

这位"阿娇"虽不是汉武帝"金屋藏娇"中那位长公主的女儿阿娇，但因为是慈禧太后的干女儿，自然也是身价不凡的千金小姐了。她名叫戴佩琼，是清代末年清廷军机处法务大臣戴鸿慈的长女。戴鸿慈是广东南海人，曾是当年岭南在朝廷为官最高的一位，因深得慈禧重用，他的女儿也就攀龙附凤成了慈禧太后的干女儿。据说戴佩琼乳名阿娣，有沉鱼落雁之貌，琴棋书画样样精通。后来，戴佩琼下嫁曾任兵部员外郎苏丕文的大曾孙苏伯诩，苏家大少爷苏伯诩将戴佩琼安置在金楼之中伴读，夜夜有美人红袖添香，故传有金屋藏娇的佳话。

楹联例说

碧江金楼的楹联为数不少，大都紧扣史实景物，颇具特色。

1. 大门

老地驰名多古宅 小楼惊世富精雕

碧江金楼大宅院的门口——古色古香的门楣上镌刻着启功先生题的"碧江金楼"四个大字，大门两旁就石刻此楹联。

碧江金楼，属明清时期建筑，已有几百年历史。金楼景区不只是一座楼，还包括泥楼、职方第大宅、蚝壳墙、后花园、铸铜壁雕以及围墙外的亦渔遗塾、慕堂苏公祠、三兴大宅等古建筑。碧江村大规模建村始于南宋初年，最鼎盛时期曾有3万多人口。自明景泰三年建县至清代中叶，碧江村出了17名进士，而中举仕子更达106名以上。正因如此，上联曰："老地驰名多古宅"。

下联"小楼惊世富精雕"，说明金楼之所以著名，无疑是因精美绝伦的贴金木雕，当然它那浪漫的爱情故事更让人过耳难忘。如此极尽奢侈的金饰，据说是清末苏丕文的后代苏百诩，为迎娶当时法务大臣、南海人戴鸿慈长女戴佩琼而准备的。由于两亲家都十分重视这段婚姻，婚礼办得非常隆重，楼内金雕便是陪嫁的嫁妆。

这副联上下句首字"老""小"属时间状态的形容词对应，形象鲜明；动词"惊世"（平仄）对"驰名"（仄平），十分工整；第五字形容词"多"（平）"富"（仄），无可挑剔。最后二字"精雕"（平平）对"古宅"（仄仄），紧扣金楼特点，自然贴切。全联融叙事、描写、议论、抒情于一体，堪称佳联。

2. 叠趣亭

地上连枝穿日影 池中爱侣荡银波

金楼的前庭有一株100多年的十叶龙眼，据说与苏家的发迹史关系密切。据史书记载，碧江、陈村一带"居人多以种龙眼为业，弥望无际，约有数十万株"。职方第的先辈就曾出口干果和土纸，再从东南亚进口木材，从西南贩运回锡锭、茶叶而致富，似乎可以成为金楼由来的一个说明。

虽然重新修复后的金楼后花园只有原先的五分之二大，但园中的一花一草一木都特别的讲究。从佛肚竹到黄金间绿，从100年的龙眼到200年的紫薇、青思，无不见证着时间车轮的痕迹。所以上联描绘"地上连枝穿日影"；下联写游鱼，用比拟手法。全联突出了"叠趣"主旨。

3. 晚翠凝香

漫步回廊生雅趣
纵观画壁动乡情

上联嵌字"回廊"，下联回应"画壁"，平仄对应工整。"生雅趣"与"动乡情"有睹物思人、触景生情的美妙意境。

4. 南山苏公祠

重修旧观留慧眼
聚旅新貌动初心

苏氏家族历代不断地修建祠堂经营宅第，清代典籍《五山志林》就有"俗以祠堂为重大，宏丽者莫盛于碧江"的记载。在幸存的古建群内，游客可穿越400多年的时空，从明朝到晚清，置身于原汁原味的历史场景中。而一座座饱经沧桑的古建筑单元，更适合利用作各种专题展馆。南山苏公祠的这副楹联，

叙事、议论紧密结合，真挚地表达了苏氏后人对重修旧祠的肯定和赞美。

5. 抱月亭

抱薇吐翠扬天宇　月影浮光映大千

这副 7 字联上下句首字嵌"抱月"，所描绘的景物紧扣主旨且非常优美，意境也十分深远。

6. 职方第南大门

忠厚传家远　诗书继世长

这是一副常见的传统 5 字联，古今富贵人家大都以此为荣。

"忠厚"是一个含义极其丰富的词语，是为人慈善、尊老爱幼、勤俭持家、诚信仁义、夫敬妇爱等，我们可以把它看成是中华民族的传统美德；"继世"是饱读诗书，修身、齐家、治国、平天下，是古代读书人的志向和抱负。还有一副常用楹联"耕读传家远，诗书继世长"，是着眼于家族的文化、家风的传承。"耕读传家"；耕田可以事稼穑，丰五谷，养家糊口，以立性命；读书可以知诗书，达礼义，修身养性，以立高德。所以，"耕读传家"既学做人，又学谋生。这里所说的"读"，当然是读圣贤书，为的不仅是做官，更重要的是学"礼义廉耻"的做人道理。因为在古人看来，做人第一，道德至上。

《易经》云："积善之家，必有余庆。"追溯先祖的德范，细思天地万

物之至理，我们且反复吟咏其中的句子："天可必乎？贤者不必贵，仁者不必寿。天不可必乎？仁者必有后。二者将安取衷哉？善恶之报，至于子孙，则其定也久矣。"圣贤之道德学问，传家的古今世家，给予我们深刻的启示和教导。为人当以道德为根本，行孝行善，其福泽荫庇，方能长润后世。而"积不善之家，必有余殃"，这是古圣先贤的殷殷训诫，历史已经无数次以惨痛的事实证明，我们不可不慎重省思，切勿懈怠放肆，殃及自身和后代子孙啊！

7. 鱼乐亭

庄生妙想知鱼乐
苏武深情托鹰归

"子非鱼安知鱼之乐"是出自惠子的一句话，被记录在《庄子·秋水》中。说明不要总是以自己的眼光去看待他人，也有"己所不欲，勿施于人"的意味在其中。

下联所说的苏武（前140—前60年），字子卿，汉族，杜陵（今陕西西安东南）人，西汉大臣，武帝时为郎。这里讲的是苏武牧羊的故事：苏武在天汉元年（前100年）奉命以中郎将持节出使匈奴，被扣留。匈奴贵族多次威胁利诱，欲使其投降。后将他迁到北海（今贝加尔湖）边牧羊，扬言待公羊生子方可释放他回国。苏武历尽艰辛，留居匈奴十九年持节不屈。至始元六年（前81年），才获释回汉。苏武去世后，汉宣帝将其列为麒麟阁十一功臣之一，彰显其节操。

这副联将庄子与苏武连在一起，一文一武，亦庄亦谐，令人产生无穷遐想。

第四章 三水区

三水区位于广东省中部，佛山市境西北部，珠江三角洲西北端。东邻广州市花都区，东南与佛山市南海区相连，西北与四会市交界，北接清远市清城区、清新区，与高要市、佛山市高明区隔西江相望。三水区有旅居海外华侨及港澳台同胞 20 多万（2010 年），是广东省著名侨乡之一。

三水地势自西北向东南倾斜，西北多高丘，东南多冲积平原及低丘。北江、西江与绥江汇流于三水，三水也因三江汇流而得名，且著有"中国首个富裕型长寿之乡""中国饮料之都""国家食品安全示范区"等多项城市美誉。三水位于广佛同城的西北边界、广佛肇经济圈的中部，是佛山市与肇庆市联系的重要核心城市之一。2014 年，三水在全国百强区中排名第 38 位。

三水区名胜古迹（古村）楹联主要集中在荷花世界、森林公园、芦苞祖庙、长岐古村等，数量虽不多，但颇具特色。

（一）三水荷花世界

景点简介

三水荷花世界座落于三水旅游经济区东南部，全园占地面积 1300 多亩，其中水面面积 800 多亩。它由西南街道办事处投资兴办，并聘请了中国荷花研究中心王其超、张行言教授作为荷花技术指导，中国著名高级建筑师傅克勤作为园内风景园林规划、建筑主设计师。于 2000 年 7 月 8 日正式开业，多年来致力发展荷花种植技术的栽培研究、荷花新品种的选育和培育，以及荷莲产业的开发和深加工，获得了较好的成效，是目前世界上规模最大、荷花品种最丰富，集古典建筑、雕塑、观景长廊、荷文化、廉洁文化展示于一体

的荷花生态专类园，荷花世界以其清新隽永的荷文化、廉洁文化为主题，已被评为"国家 4A 级旅游景区""广东省廉政教育基地"和"佛山新八景"之一。

楹联例说

荷花世界的楹联主要集中于《廉政征联》和清源水榭（仿古建筑群）等，较有特色。

1. 廉政楹联征集

2013 年 9 月，三水荷花世界面向全国搞了一次廉政征联活动，最后评出"采用奖"40 名，其中前 10 名作品为：

①清风拂面　一方热土警钟地

廉韵萦怀　三水荷花明镜园（甘肃靖远 杜兴民）

这副联高妙之处在于"三水荷花"对"一方热土"，平仄对应十分工整，无可挑剔。

② 一方铺锦绣　翠韵芳魂　境育荷花圆梦想

三水养文明　冰心玉骨　德扬世界铸精神（天津北辰 穆洪信）

这副联以三个分句组对，意蕴流畅。

③ 淡泊养廉用君子襟怀铺展文明生态卷

　清涟漱玉将荷花本色染成幸福惠民图 （河南灵宝 张志玉）

上下联的"淡泊养廉"与"清涟漱玉"，突出荷花寓意。

④ 虚豁胸怀立足泥中通地气

　清凉境界濯缨水面沐天光 （河北保定 张会忠）

其实，"立足泥中通地气"对"濯缨水面沐天光"，无论内容或形式都不比上列楹联差，只是在"清廉"的意义上不甚浓烈而已。

⑤ 翠碧凌风淤泥不染立清影

　娉婷照水直节中通鉴澹怀 （北京 王波）

这副联既述荷花的外观形象，又写荷花的内在本质，颇具特色。

⑥ 沃土三千拓开格局续挥先哲莲花笔

　廉泉一脉继起清嘉长护淼城君子风 （广东佛山 梁小筠）

这副联强调清廉乃古今传承，并非空穴来风。

⑦ 三水润清莲沁万缕馨香远弥天外

　千秋留美誉铸一张名片长靓人间 （河北张家口 武文宝）

"三水润清莲""千秋留美誉"两句堪称佳句。

⑧ 莲洁长由三水濯

　时明幸得一官清 （山西原平 王存白）

上句"莲洁长由三水濯"，颇具哲理。

⑨步十里长廊赏千姿荷影四面烟霞融画境

　喜九天澄碧感三水清明八方珠履动诗情 （安徽合肥 王树凡）

这副联叙事、写景生动形象，意境优美开阔。

⑩ 三水常清游目欣看荷世界

　一尘不染骋怀饱读洁文章 （山东淄博 王世侠）

"三水常清""一尘不染"音韵和谐、对仗工整。

荷花，被历代文人称为"翠盖佳人"，不仅因为它具有色彩艳丽、婀娜多姿的天然美，还具有"出污泥而不染"的高尚品格，古代文人都喜欢用荷花来象征各种美好的事物。那么，"花中君子"荷花的象征意义是什么呢？

1. 高洁、圣洁。荷花历来被佛教尊为神圣净洁之花，并且极力宣传、倡导学习荷花的这种清白、圣洁的精神。譬如佛教中的释迦摩尼和观音菩萨都是身坐莲台。除此之外，周敦颐在名篇《爱莲说》中也明确表达了自己对荷花的喜爱："予独爱莲之出淤泥而不染，濯清涟而不妖"，具有"花中君子"的美誉，从这里可以看出诗人暗示人们学习莲花洁身自好的高贵品质。另外，李白的诗句"清水出芙蓉，天然去雕饰"，也欣赏赞美荷花具有天然之美。

2. 清廉。荷花即青莲，青莲与"清廉"谐音，因此荷花也被用以比喻为官清正，不与人同流合污，这主要是指在仕途中。比如，有一幅由青莲和白鹭组成的名为"一路清廉"的图画，就被很多文人置于自己的书房中。

3. 吉祥、吉利。莲称荷，与"和"谐音。古代有以荷花、海棠、飞燕构成一幅"何（荷）清海宴（燕）"图，喻为天下太平。佛教的八宝吉祥，以莲花为首。古代以莲花和鱼剪成图纸张贴，称为"连年有余"，表明社会富足。另外，民间吉祥画，"和合二仙"，便是一人手中持荷，一人捧盒，以示和合。八仙中的何仙姑，以手执荷花为表征，象征其貌美并姓何，表示祥和吉利。

4. 爱情。用荷花来象征爱情早在唐代就有记载。唐代著名诗人王勃在《采莲曲》中写到"牵花恰并蒂，折藕爱连丝"，也即以并蒂莲和藕丝不断，表示男女爱情的缠绵。莲最适合作纯洁、美好爱情的象征，加之"藕"与"偶"谐音，藕断丝相连，"并蒂莲开"，都非常适合表示爱情的缠绵不断。

5. 美女。早在流传古今的《诗经》中，便有将莲花比作美女的记载。《国风·陈风·泽陂》中说："彼泽之波，有蒲与荷。有美一人，伤如之何？寝寐无为，涕泪滂沱"。描写一男子将莲花比作久已倾慕的美女，许久未能见到，伤心不已。不管是醒着还是睡着，眼泪和鼻涕如下雨般情不自禁地淌下来。

6. 友谊。中国古代民间就有春天折梅赠远、秋天采莲怀人的传统，由此可以看出荷花象征着人与人之间的纯洁友情。荷花的全身都对人们有着巨大的作用：莲藕可供人食用，莲子是滋补佳品，藕节、莲子、荷叶等是中医治病的好药材；荷花花叶能供人观赏，荷花生长的地方，还有净化水质、优化环境、美化风景的作用。历代也有很多关于荷花的美好传说。

三水荷花世界的这次征联，紧紧围绕荷花"圣洁""清廉"这一主题，形式上大都嵌字"三水"，所采用的 40 副作品，思想性和艺术性都很高，读来的确给人以"清新拂面"的感觉。

2. 清源水榭

清源水榭位于荷花世界的西南面。清源水榭取宋朱熹诗句"问渠那得清如许？为有源头活水来"之意，因为有源头活水不断注入，才有水之清澈。清源水榭设计极具岭南古典式建筑风格，中庭采用岭南传统的造园手法，假山、水系、景石穿插其中；中灰墙上采用砖雕，建筑窗门以岭南特色的木雕形式设计；淡雅明快的立面色彩，门窗、栏杆、檐口的深色调与自然环境相映生辉，具有强烈的艺术感染力；屋面与屋檐交界处使用画有卷草的黑色边线，加强建筑的轮廓；麻石勒脚，青砖丝缝砖墙，灰瓦屋面，岭南特色的封火山墙以及传统的灰雕、陶雕的装饰，显得更加美观细致。

①清莲亭

千朵红莲三尺水　一湾明月半亭风

这是一副数字联。一联十四字中无一动词。准确地运用四个数词和四个量词进行搭配，纯用素描的手法，描绘出明丽爽快的荷塘景色，清新舒展，浑然天成。

关于下联，有的对作"一弯新月半庭风"，有的对作"万丈高楼平地生"等等。

②莲心亭

A. 向晚红莲开并蒂

朝阳采凤喜双飞

下联"采凤"应为"彩凤"。

B. 菱花晓映雕栏日

莲叶香含玉沼波

日照莲花，水映雕栏，微风阵阵，波光凌凌——此联所描述的优美意境令人神往。

③ 莲舫室（三水区老干部诗书画影研究会作品）

A. 国情通达民心顺　华夏振兴百姓安

这副 7 字联以平实手法、和缓语气，真挚地表达了对"国情通达"与"华夏振兴"的由衷希求。

B. 积德累仁　握金怀玉

这副 4 字联言简意赅，把积德行善比喻为"握金怀玉"，新鲜独特。

崀山碧水（国画）徐会元

C. 心清自得诗书味　室雅时闻翰墨香

阅读须安静，学问伴孤独。这副联上句的"自得"与下句的"时闻"突出了这一主题。

（二）三水森林公园

景点简介

三水森林公园位于三水区西南镇北郊，距三水区中心约有 2 公里，总面积 3366 亩。1995 年被评为广东省市级风景名胜区，2001 年依法设立为三水生态保护区。公园景点众多、风光独特。园内主要景点有：三水金装大卧佛、三水汉藏佛文化艺术殿堂、广东孔庙——孔圣园、无情谷、鸳鸯湖、宣言广场等，不失为一个放松身心、休闲度假的好去处。

三水森林公园孔圣园

1. 大成门

先觉先知为万古伦常立极

至诚至圣与两间功化同流

孔子（公元前 551 年 9 月 28 日—公元前 479 年 4 月 11 日），名丘，字仲尼，祖籍宋国栗邑（今河南省商丘市夏邑县），生于春秋时期鲁国陬邑（今山东省曲阜市）。中国著名的思想家、教育家。

三水在明代嘉靖年间，曾在旧县城建有纪念孔子的文庙，当时是文庙与学府合建在一处，故称为三水学宫，是历代祀圣、兴学和游览的公共场所。可惜抗日战争期间毁于战火，现已荡然无存。1994 年，由香港孔教学院院长、佛山市旅港乡亲汤恩佳先生倡议，并得到众多海外乡亲及市有关单位与个人的赞助，决定在森林公园内选址重建。重建工程历时三年，总耗资五千多万。1997 年，一座宏伟的建筑在森林公园拔地而起，它就是孔圣园。

孔圣园占地 300 余亩，内由棂星门、大成门、婚礼堂、师礼堂、大成殿、崇圣词、聚星楼等几部分组成。全部建筑依山而建，布局巧妙，寓意步步高升。

大成门的这副楹联，原为清雍正七年（1729 年）世宗皇帝撰题。"伦常"：封建宗法社会的伦理道德。即父子有亲，君臣有义，夫妇有别，长幼有序，朋友有信。这五伦为不可改变的常道，故称"伦常"。"立极"：树立最高准则。"两间"：谓天地之间，指人间。"功化"：功业与教化。"同流"：合流、汇聚，比喻同声气。这副 11 字联意思是：孔子是先知先觉，为千秋万代的伦理道德树立了标准法则；孔子又是道德高尚的圣人，有培养教化天地万物的功德。这是对孔子的极高赞美。

2. 大成殿正门

德冠生民溯地辟天开咸尊首望　道隆群圣统金声玉振共仰大成

"金声"是敲钟的声音，表示奏乐之始，引发众声；"玉振"是击磬的声音，表示奏乐之终，收结众音，"金声玉振"象征孔子之德集古圣先贤之大成。此联原为清雍正七年（1729 年）世宗皇帝撰题，悬挂于曲阜孔庙大成殿正门两侧，上有匾额：生民未有。

此联以"德冠生民"和"道隆群圣"歌颂孔子德高望重，同时，又以"咸尊""共仰"叙写众生的心悦诚服。

三水孔圣园的大成殿内供奉着孔子及其七十二门徒的塑像，每一个都神态逼真、惟妙惟肖，置身其中，让您仿佛回到了两千五百多年前，聆听孔子的循循教导。

3. 大成殿内室一

气备四时与天地鬼神日月合其德
教垂万世从尧舜禹汤文武作人师

此联原为清康熙皇帝为曲阜孔庙大成殿所撰，由乾隆皇帝亲自书写。该楹联除在曲阜孔庙出现外，杭州文庙、高雄文庙等地也有摹写。

上联化用《易》意，赞孔子道德崇高。谓其德行与天地相合，其光辉与日月同辉，其进退与四季代谢一样整然有序，其奖罚与鬼神所降的吉凶相应。"气备四时"，语见南朝宋刘义庆《世说新语·德行》："绪季野虽不言，而四时之气亦备"。原指春夏秋冬四时之气，也指气度弘远。"天地日月鬼神合其德"，语出《易·乾》："夫大人者，与天地合其德，与日月合其明，与四时合其序，与鬼神合其凶"。下联概括韩愈《原道》："尧以是传之舜，舜以是传之汤，汤以是传之文武周公，文、武、周公传之孔子。"联语气势恢宏，符合孔子这位"万世师表"的思想家、教育家的崇高地位与身份。

4. 大成殿内室二

觉世牖民　诗书易象春秋　永垂道法
出类拔萃　河海泰山麟凤　莫喻圣人

上联"觉世牖民"即甦醒世界，诱导人民，有诗、书、易、春秋，树立的道德法规，永垂于后世。下联意思是，才能超越一般人，以河、海、泰山、麟、凤，都不足以比喻这位圣人。

此联原为清高宗爱新觉罗·弘历题山东省曲阜孔府大成殿明间前内金柱。

5. 诗礼堂

开笔求勤敏　读书博古今

开笔礼，中国传统中对少儿开始识字习礼的一种启蒙教育形式。在古代，学童会在"开笔礼"（即开学的第一天）早早起床来到学堂，由启蒙老师讲授人生最基本、最简单的道理，并教读书、写字，然后参拜孔子像，才可以入学读书。这一仪式俗称"破蒙"。

"师礼堂"用于展览古今名人勤学苦读事迹的影雕画，鼓励莘莘学子勤奋向上。上联中的"勤敏"即勤奋、聪敏，下联"博"形容词用为动词"博通"，这副联文字简洁，音韵流畅，叙事说理言简意赅。

6. 崇圣祠

春秋史话传家无价　　论语文殊掷地有声

相传孔子有弟子三千，其中贤人七十二。孔子曾与弟子周游列国十四年，晚年修订六经，即《诗》《书》《礼》《乐》《易》《春秋》。孔子去世后，其弟子及其再传弟子把孔子及其弟子的言行和思想记录下来，整理编成儒家经典《论语》。这副 8 字联以概述手法，歌颂孔子的伟大功业。

（三）芦苞祖庙

芦苞镇位于三水区的中北部，地处珠江三角洲的腹地，是历史商埠，素有"小广州"之称。镇域总面积 105 平方公里，人口近 5 万人，其中外来人口 1.5 万人，现辖 90 个自然村、6 个村委会和 1 个居民委员会。芦苞自然环境秀丽，北江河穿镇而过，将芦苞分为东西两岸，土地肥沃、水质优良、空气清新，旅游资源丰富。有 800 年历史的"芦苞祖庙"以其精湛的建筑工艺、丰富的

宗教内涵、旺盛的香火而闻名，吸引着大批海内外游客。

该镇 1986 年定为珠江三角洲工业重点卫星镇，1996 年定为广东省小城镇综合改革试点，2000 年定为三水次中心，2008 年被评为广东省旅游特色镇。

景点简介

芦苞祖庙，又称胥江祖庙，位于三水芦苞中心城区，始建于南宋嘉定年间（公元 1208 年）。内有北帝庙、观音庙、文昌庙、华山寺，集儒、释、道三教合一，与悦城龙母庙，佛山祖庙并列为广东省最有影响的三大古庙。1989 年被确定为"广东省重点文物保护单位"，2002 年，经国家宗教局、中国道协等国家、省相关部门组织专家学者考究论证，芦苞祖庙被认定为"南武当"的主体庙宇。

芦苞祖庙面临北江，后倚小华山（龙坡山），山水相接，树木茂盛，总面积达 99338 平方米。庙内由四座庙宇并列而成，其中，武当行宫（也称北帝庙）作为主体庙居中，左为普陀行宫（也称观音庙），右为文昌宫（也称文昌庙），而普陀行宫的左侧则为华山寺。四座庙宇分别供奉着北方真武玄天上帝、观世音菩萨、文昌帝君以及释迦牟尼佛、阿弥陀佛、药师佛、地藏菩萨和六祖慧能等的神像。

楹联例说

1. 入门牌坊（前）

平地起三峰古庙巍峨千秋隆祀　华山归五马胥江浩瀚万派朝宗

芦苞祖庙的入门牌坊又称"禹门牌坊"，牌坊的前后各有一副楹联，此为前联。

本 13 字联文字简洁，但内涵丰富。上句描摹的是祖庙的远观景象，突出了祖庙依山而建、宏大巍峨。"平地起三峰"说的是芦苞祖庙的华山自有奇特之处，相连的四座山峰互相遮掩，不管从东南西北那个方向望去，都只能见到三座山峰。

下句的"华山归五马"，相传女娲氏补天后，有一天静坐瑶池，突觉眉

心急跳，掐指一算，才知补天之石，已有两块飞落人间。一块降落陕西形成西岳华山，一块降落南粤，就是芦苞形成小华山。女娲氏即召金、木、水、火、土五龙御前听令："汝等速往南海搬取神石，以免为害尘寰。"五龙接旨后，不敢怠慢，便驾起云头，呼风唤雨而来。顿时，南海一带，乌云罩日，雨骤风狂，电闪雷鸣，巨浪滔天。五龙一路上翻江倒海，抵达华山附近，大显神通，推波助澜。浪高之处，形似五匹脱缰狂奔的野马，环回于华山之间，欲一举把华山搬走。故有"五马入华山"的传说。同时，又因此地供奉着北帝等神仙是管水的神仙，各教各派都到此朝拜归宗，所以有"万派朝宗"之说。

这副联中"三""千""五""万"几个数词运用得十分精当准确，使联语增色不少。

2. 入门牌坊（后）

殿宇重光千载沧桑留胜迹　坡山依旧万家香火祀玄天

由于时间久远等种种原因，中国的众多寺院大都经历过重建，有的一两次，有的三四次，甚至更多。芦苞祖庙也不例外，因此上联便有"殿宇重光"说法。因芦苞祖庙供奉的是北帝等神仙，所以下联叙说"万家香火祀玄天"。因（牌坊）楹联表述强调前重后轻色彩，故此后联以 11 字组成。

3. 华山寺

似鼎坡山瑞霭

如潮胥水梵音

华山寺与胥江祖庙相邻，建于南宋嘉定初年，比胥江祖庙略早，始称"华胥古梵"，为一法号复庵的僧人所建。该寺经历代扩建重修，规模渐大，气势雄伟。正面为大雄宝殿，左为六祖殿，右侧为地藏殿，占地面积九百多平方米。历代僧徒在此习武行医，业绩昭彰，使该寺声名远播，鼎盛一时。1915 年该寺大部分毁于水灾及后来的战乱，残余寺殿亦于1938 年倒塌。现今的华山寺，是于 1994 年 10 月按原貌动工重建，次年 5 月落成开光。

6 字联在众多楹联中较为少见，原因不一，但平仄对仗不易可能是原因之一。这副联上句为"仄仄平平仄仄"，下句是"平平仄仄平平"，十分工整。

4. 弥勒佛像

常笑有因胥水涟漪皆成莲品　　尽量无缺龙坡草木亦显佛心

江苏吴县灵源寺有一联："看一般人时往时来，我笑有因真可笑；这两个字曰名曰利，你忙无甚为谁忙？"这副联也强调"常笑有因"，但却一反弥勒佛笑联常见的表达主题，平实而真挚地指出了弥勒佛发笑的原因是"胥水涟漪皆成莲品"，使原本偏僻冷寂的"龙坡山"成了仙佛圣地。因此这 12字联显得新颖别致。

5. 大雄宝殿

万法由心可见般若无形相　灵山在我须知众生有如来

上联的"万法由心"，说的是佛教有认识世界的独特方法，那就是——密契主义的个人体验，这突破了休谟所认为的"认识世界只有感性知觉和理性认识这两种方法"的局限性。中国唐朝的玄奘法师创立"唯识宗"，对精神与物质进行了系统的论述，他的基本观点为"万法唯识"，"唯识无境"，就是说，宇宙间的万物并非独立存在，而是由"识"变现出来的。玄奘在《成唯识论》卷一中说："由假说我法，有种种相转，彼依识所变"。由"识"变出"见分"和"相分"，即主观世界和客观世界，这样才有了宇宙间的万物。这说明了，精神与物质都是由"识"转变而来，并不是谁决定谁，谁生成谁。"槃(bo) 若 (re)"，佛家语，梵文音译，即智慧。不是常人理解的智慧，而是指洞视彻听，一切明了的无上智慧。槃若，是讲灵用，绝无定法，不可测知。你用意识去分辨它，一切皆无。如龙腾云雾，见首不见尾，无捉摸之处。

下联的"灵山在我"，即佛在自心中。佛教认为，每个人的内心都有潜在成佛的能力，都有和佛陀一样的慈悲与智慧。"众生有如来"，佛教认为"一切众生皆有如来智慧德相"，强调如来是自性，一切众生是平等的，没有差别。所以佛法是真正的平等法，佛看一切众生都是佛。

因为芦苞祖庙大雄宝殿供奉的是释迦摩尼佛等，因此这副联十分切合佛教主旨。

6. 普陀行宫（供奉观音）

① 天上慈云广荫　世间法雨同霑
② 法语配龙坡仿佛普陀气象　莲台朝玉镜依稀西竺规模
③ 坡岭势嶙峋仙石数卷幻作普陀岩里地
　　云桥波浩渺慈航一叶渡来水月镜中天

观世音菩萨——也称为观自在、观世音等。为避唐太宗李世民讳，故又称观音。其左手持净瓶，右手持杨柳枝，因其大慈大悲，救苦救难，广大灵感，人称大悲菩萨。为普济众生，观音可以示现三十三身。观音作为菩萨本无性别，但在南朝后，为更好体现大慈大悲和方便闺房小姐供奉，产生女身观音像。相传观音菩萨的道场在浙江普陀山。胥江祖庙普陀行宫主殿内的观音座像乃杨柳观音，此观音像在莲花台上盘膝而坐，仪态优雅，慈眉善目，普渡众生，用上好檀木雕刻而成。普陀行宫的此三副楹联，字数依次从少到多，①联为6字，②联为11字，③联为16字；除①联为总括概写外，②联③联均紧密结合"普陀行宫"实际，由龙坡山联想到普陀岩，且文词简练，气韵流畅，颇具感染力。

7. 武当行宫

①五马环回玉镜水通金井水　三峰鼎峙龙坡山接武当山

②肆水钟灵　金沙浩瀚流金阙　众星环拱　玉镜玲珑照玉虚

武当行宫天井中有一口古井，其名叫"金沙圣井"。如何会称此名呢？所谓五马亦即是五龙，当时五龙气势凶猛，排山倒海地沿北江直取华山，欲一举搬取华山。但是在华山脚下住着一位仙人，名叫李滴仙，而这个李滴仙见五龙目中无人，一路翻江倒海而来，便顿觉愤怒，口念咒语，双手合起，突然轰隆一声巨响把宽阔的北江即变成狭谷。所以后人传说现在清远的飞来峡，就是当年李滴仙借山堵水，力阻五龙犯界的地方。那时候五龙在飞来峡受阻，无法前进，但是皇命在身，不敢延误，于是五龙就只好兵分五路，绕道而行。当他们到西北山头时，见四周花圃环绕，中有一洞。金龙腾空一看原来是北帝庙，肃穆壮观。金龙不敢骚扰，只好潜回洞中。金龙潜身入洞，匆忙中留下龙涎和龙麟，日久变成一口清澈见底，金光闪闪的甘泉井。此井夏日凉气扑人，冬季则暖气腾腾。人们饮了井水能生津止渴、消暑除病。传说金沙乃金龙之鳞所化，井水乃龙涎玉液也。加之当地县官，以其水作贡品献给皇帝，故称此井为"金沙圣井"。①②均为11字联，但②联因断句加了标点。①联角度为远观，且妙在"玉镜水通金井水""龙坡山接武当山"的回环往复，正因为词句的这一回环往复，顿使①联语意表达效果得以大大增强，给人以独特鲜明的感觉。②联重在寺院内的近景描绘，"肆水"应是泛指，"金阙"，道家指天上有黄金阙，为仙人或天帝所居。"玉虚"即仙宫，道教称玉帝的居处。语出北周庾信《步虚词》之二："寂絕乘丹气，玄冥上玉虚"。

8. 文昌宫

肆水涌文澜学海无涯冲碧浪　　玉衡司桂籍蟾宫有路步青云

北帝庙的左侧是文昌宫，此殿供奉的是文昌帝君，属儒教。文昌本星名，乃为多数人所知的文曲星，或称文星。古时候认为文曲星是主持文运、功名的星宿，成为民间和儒教所信奉的文昌帝君，属掌管仕途功名禄位之神。所以在以前，仕子进京考试亦必先拜文昌。以民间的习俗为例，每当子女上学开笔时必定到文昌庙拜祭，以祈求子女学习勤奋读书聪明。时至今日，每年来为子女行开笔礼的家长多不胜数。此外，由于文昌亦是掌管功名之星宿，所以自古以来许多为官者亦前来参拜文昌，寓意其官运亨通。

这副 12 字联亦写得流畅自然。上句写读书，下句说为官，楹联由衷祝愿读书人顺利高中、但愿为官者步步高升。只是"肆水"疑为"泗水"之误。

（四）芦苞长岐村

古村简介

长岐古村位于芦苞镇东郊，距镇中心城 10 公里，毗邻独树岗及花都区赤坭镇莲塘村，是名副其实的"三花"交界。全村占地 4.5 平方公里，是芦苞镇近期发现的规模最大、保存最好的古村落，荟萃了岭南的古风水文化和宗族文化，估计始建于明清时代。以卢、黄二姓人口为主，村落居住亦是如此，基本上是密集型居住方式，村民现今仍保持着原生态的生活方式。2008 年，长岐古村成功入选广东省首批古村落。

整个村庄座东向西，构建符合风水学。正面是芦苞涌，紧接流入芦苞涌的北江水，寓意以水为财，在村庄正面两侧有尤鱼岗、柴枝岗，两岗隔河相望，形成儒家学中的左青龙右白虎。村背靠的山称为文笔顶，是用人工垒成，寓意文人辈出。

长岐古村落乃风水旺地，依山而建，背靠文笔山，傍倚九曲河，山青水秀，

环抱村中，村四周有温泉环绕，山水包围村中，连片百多栋明清建筑保存完好。

值得一提的就是长岐村有四大宗祠，此四宗祠都为三开间格局，座东向西，祠堂内石雕、木刻、壁画等都保存完好。

长岐村人杰地灵，历史底蕴厚重，乡土气息浓郁，民俗风情独具特色。

楹联例说

1. 卢氏宗祠

①正门

龙驹标国史　桢干衍家声

长岐全村有卢、黄、何、钟四大姓，陈、徐两小姓，总人口1200余人，四大姓氏各自建有祠堂，所建年代不同，建筑次序为钟、黄、何、卢，而卢氏宗祠最具规模。

在卢、黄、何、钟四大姓氏中，家族成员最庞大的是卢氏。全村一千多口人中，卢氏占了一半。然而人数最多的卢氏并非开村之祖，

甚至是四大姓氏中定居最迟的一氏。开村的乃是来自花都的钟氏，与钟氏同出于花都的黄氏随后亦安家至此。及至黄氏定居百年之后，广州白云神山镇来了卢姓的父子三人，他们本是因为家乡人口过多，而被迫到外地讨生活的。当他们行至三水与花都交界处，见这村庄风水甚好，遂客居此地为村民做帮工，最后落籍定居，开枝散叶转而成为村民一员。这父子三人便是卢氏祖宗，父亲名为卢时忠。卢氏后人自海外带回了影印本："卢时忠于大明年间来本村……忠号岐初，故本村名为长岐，又名岐山"。这一记载还道出了村名的来历，这村西侧曾有一岐山古庙，在建村之前就已存在，于是村随庙名定为"岐山村"，后来卢氏人丁兴旺而成为村中大姓后，觉得这村名恐犯了古庙忌讳，便改称"长岐"，取长期居住在岐山之意。

也许是卢氏祖先曾经养有骏马上贡朝廷，或有人在朝中做了大官，或有人在科举考试中中了状元什么的，因此上句"龙驹标国史"，下联"桢干"，此处应是比喻家族有名人士。这5字联融叙事抒情于一体，文字简洁，意蕴流畅。

②宗祠内室一

岐山拓胜土宗枝秀发叶繁果茂开基创业流芳远
积善传家风族裔昌隆明德唯馨子孝孙贤世泽长

公元1986年丙寅正月初二，经旅港宗亲赞助，卢氏大宗祠重修后再度开光，这副20字联陈述的就是这一盛事。20字联在其他宗祠中不多见，卢氏宗祠的这副长联较具特色。上句断句为"岐山拓胜土/宗枝秀发/叶繁果茂/开基创业/流芳远"，下句断句是"积善传家风/族裔昌隆/明德唯馨/子孝孙贤/世泽长"。从楹联语气上看，叙事说理结构紧密、一起呵成，真挚的抒发了对卢氏家族的赞美之情。

③宗祠内室二

昆甸作柱梁三庭叠进气势高宏肯堂肯构丁财旺
花岗为基石五福归堂规模壮丽多福多男寿考昌

"昆甸"，印度尼西亚城市，西加里曼丹省首府，是印尼古老经济中心和重要港口。市内港汊纵横，多桥梁。有造船业。输出橡胶、胡椒、椰干、甘蔗、燕窝、芦荟、林产品和建筑材料。这里指用昆甸进口的木材建祠堂。"肯

堂肯构"，意为结构紧密，"寿考"即长寿。这副联亦为20字，语气结构是
"昆甸作柱梁（5字）/三庭叠进（4字）/气势高宏（4字）/肯堂肯构（4字）
/丁财旺（3字）"，"花岗为基石（5字）/五福归堂（4字）/规模壮丽（4
字）/多福多男（4字）/寿考昌（3字）"主要描叙卢氏大宗祠的远望近观、
结构用材、象征意义等，从表现手法上看，有叙事，有描写，有议论，有抒情，
语意连贯，表述大气。

④宗祠内室三

五百春秋源远流长乔木秀发千枝仍归一本

万千世代光前裕后大江川分万派总是同源

这副联共18字，语气结构是"五百春秋4字/源远流长4字/乔木秀发
4字/千枝仍归一本6字"、"万千世代4字/光前裕后4字/大江川分4字
/万派总是同源6字"，主要表述卢氏源流宗枝，数量词运用得准确恰当是这
副联的一大特色。

⑤宗祠内室四

开族五百载一脉真传克勤克俭俊彦超群成大业

建村半千年承先启后唯读唯耕英才辈出显声威

这副联向人们展示了卢氏开村五百年长盛不衰的根本是："克勤克俭、
唯读唯耕"。

⑥宗祠内室五

华庭欢聚宴满堂喜庆不忘珠玑南迁五世纪

陋室居安宁和气呈祥犹述氏族北封三千年

这副联断句为："华庭欢聚宴（5字）/满堂喜庆（4字）/不忘珠玑南迁（6字）
/五世纪（3字）"、"陋室居安宁（5字）/和气呈祥（4字/）犹述氏族北封（6
字）/三千年（3字）"。卢氏家族从广东韶关珠玑巷南迁至三水长岐五世纪，
据说卢氏原本为河南、陕西一带望族，因此这副联曰"南迁五世纪"、"北
封三千年"。

⑦宗祠内室六

家庭和睦有赖夫妻合力经之营之齐谋无穷福祉

族裔振兴全凭兄弟同心敬业乐业共创锦绣前程

此20字联其实表述了一个极具普遍意义的道理：要想家族兴旺和事业有成，必须做到敬业乐业，还要夫妻合力、兄弟同心，别无他法。

⑧宗祠侧厨房

言德工容称妇道

蒸煲炖炒善厨烹

这副7字联从语气上看有点封建意识和大男子主义：强调女人（妻子）要贤淑善良，要在厨房做得一手好菜饭，只有如此，才算得上是个好女人。其实，这也是广东家庭主妇常见的优良品行。

2. 耀堂书屋

①**一池翰墨留清韵　满座图书发古香**

这副7字联显然是现代作品，但文字简洁，语意流畅，书屋特点尽在字里行间表现无遗。

②**孔子像**

A. **至圣无域泽天下　威德有范垂人间**

这副7字联以简洁流畅的特点，告诉人们"无域"与"有范"的极致，只有孔子才能达到。

B. **教被寰宇光曲阜　泽流海外润长岐**

上联"教被寰宇"之"被"，意为遮盖。通过科举考试选拔官吏的中国科举制度，始于汉朝。考试的主要内容，是学生们对孔子礼教的理解程度。由于科举制度是步入仕途的唯一途径，所以由汉朝开始，一直到十九世纪，中国几乎所有的知识分子，都在孔子的四书五经中打转。知识分子穷极一生精力从事研究他的学说，一生都跳不出这个圈子。

下联"润长岐"，可理解为：长岐村在孔子教育思想的影响下，高度重视教育，崇礼尚文之风盛行。

③文教风行绎自振　英才林立礼为罗

相传孔子有弟子三千，其中有贤人七十二。由于长岐在孔子教育思想的影响下，崇礼尚文，因此历史上也出了不少名人英才。

3. 暖墨居

暖树春晖凝陋舍　墨华秋露润粗笺

这副联意境十分优美：在一古村中，一间并不起眼的小房内，暖和的阳光自窗外斜照在书桌上，一读书人或潜心苦读，或凝神书画，以致到了忘我的境界……

上下句首字嵌"暖墨"，动词"凝""润"运用精妙。"暖墨居"也是书屋，但这副联的表现形式更具艺术韵味，算为书屋楹联之杰作。

4. 贞健家塾

此心未与童年老　白发银髯再生辉

流水对不多见，这副联创意颇佳：潜心学问，自得其乐，即使白发苍苍，亦怀远大理想！

（五）白坭祠巷村

白坭镇位于三水区南端，地处珠江三角州腹地。东南面与南海区丹灶镇、西樵镇接壤，西面与肇庆高要及佛山高明区隔西江相望，距广州约40公里。白坭全镇人口2.38万人，外来人口超6万，总面积66.46平方公里，辖2个村委会、1个居委会、66个自然村。

白坭开发历史悠久，早在旧石器时代，就有人类在这里劳动、生息，明清两朝达到鼎盛时期。由于能出产上等蚕茧，再加上发达的水路，成为富商巨贾营商的主要聚集地，因此享有"西江第一大港"的盛誉，呈现出"市井十洲人""涨海声中万户商"的繁荣景象。

祠巷村陈氏大宗祠

古村简介

祠巷村地处白坭镇西南部，靠白坭镇城区全村人口 627 人。村中长者称，"先有陈氏宗祠，才有祠巷村"，祠巷也因此得名，取"祠堂巷道"之意。村中仍有成排清代古建筑，也是佛山市首批 13 个特色古村落之一。

楹联例说

祠巷村陈氏大宗祠楹联内容专一、艺术水平较高。

1. 宗祠正门

苏山毓秀　颖水朝宗

陈氏大宗祠位于白坭镇富景居委会祠巷村，是一栋四进式建筑，占地 10 亩，面积居三水祠堂之冠，建筑高达 10 多米，气势恢宏。根据陈氏族谱记载，祠堂始建于明代正德六年（1511年），经历 6 次重修，传承至今。上一次重修要追溯到清光绪戊戌年（1898 年），因此目前的建筑风格主要为清代风格。祠堂坐东向西，与其他祠堂相比，这里还增加了拜亭，拜亭为歇山顶，中堂、后堂为硬山顶。

"苏山"，无从考证。颖河，古称"颖水"，相传因纪念春秋郑人颖考叔而得名，发源於河南省登封县嵩山，属淮河的支流。"毓秀"：孕育优秀人才；"朝宗"：比喻小水流注入大水。从音韵上看，上句"苏山毓秀"属平平仄仄，下句"颖水朝宗"属仄仄平平，十分工整。这副联采用宗祠楹联的常用写法，主语"苏山"和"颖水"为名词，谓语"毓秀"和"朝宗"是动词，全联在短短的八字里的叙述了陈氏的源流，并礼赞了陈氏宗族的兴盛。

右图为陈氏族人陈朝纲"励勇巴图鲁"（满语勇士）旗碑（图中左侧）

2. 入门市廊

礼仪来台省之奖山水生辉

渊源由白沙之门古今宗法

据说陈氏大宗祠门上的五个大蓝色字"陈氏大宗祠"是明代硕儒陈白沙亲笔题写的，下联中："渊源由白沙之门"据说位于三水西南云东海西村的"陈氏大宗祠"与此相同。也许是陈氏大宗祠在重新修茸时，来自台湾的某某族人带来陈氏族谱家规，故曰："礼仪来台省之奖"。这副联为突出"台省之奖"，故意将上下联做了颠倒。

3. 萃庆堂

①粤海龙腾百代衣冠垂后世　颖水族茂千秋俎豆荐前徽

上联的"衣冠"借指礼教、斯文，下联的"俎豆"，音"zǔ dòu"，典故名，典出《论语·卫灵公》和《史记》卷四十七〈孔子世家〉，指古代祭祀、宴飨时盛食物用的礼器，亦泛指各种礼器。

②地肃祠严家法犹传评事　人贤族盛高风不减太丘

上句"评事"。据陈氏族谱记载，700年前，陈氏的始祖陈规，是宋朝进士，曾任大理寺评事。南宋末年，元人入侵，陈规为了躲避战乱，带着一家老少离开皇城，一路南下，穿过珠玑巷，一路沿着西南方，来到西江边的白坭圩，发现这里水草丰美，前海后塘，气候宜人，有得天独厚安营扎寨的条件。陈规一族便开始在西江两岸扎根落脚。如今，陈氏族人户籍还留在白坭的，有近2000名族人，而旅居海外的更是不计其数。2013年，陈氏大宗祠重修后落成大典，7000多名族人齐聚，筵开700余席，佛山为之盛传。

下句的"高风不减太丘"说的是，陈氏族人陈朝纲，三水白坭东岸大门楼（鼎新胜里）人，生于1820年。他幼年丧父，靠母亲种瓜菜售卖度日。陈朝纲自小习武，练得一身好武艺，曾参加过"天地会"反清组织，失败后被清将冯子才收为部将。因作战勇猛，被誉为"励勇巴图鲁"（满语勇士），朝廷赐陈朝纲在家乡白坭修建陈氏大宗祠，挂大匾额"将军第"。

③四周绿水青山义门历代人文鼎盛　两岸杏花春雨梓里千秋礼让书香

这副联的表现手法主要是叙述与描写。通过查看族谱，陈氏后人发现，700年来一共有44位祖先担任过朝廷的七品或以上官员。除了世系图，族谱内还记载着不少故事，比如族长规定对族人读书免费、考取功名有多少补贴、考得功名有多少奖励、妇人守节如何奖励和违规如何惩罚等均有详尽记载。正因如此，上下句有"人文鼎盛"和"礼让书香"说法。

4.宗祠正门右侧"鼎新古道"

转入一湾逢二社
进前几步是三元

在陈氏大宗祠大门右侧，有一条人行道，名曰"鼎新古道"。从古道往里走，有古村、大树、流水、小桥，景色十分优美。

这副7字联写得简洁流畅、鲜明生动。特别是"一湾""二社""几步""三元'四个数量词的运用，几乎达到精妙绝伦地步。例如"二社"是地名，"三元"，既是地名，又有比喻。楹联平仄韵律也十分工整。

第五章　高明区

　　高明区是佛山市五个行政辖区之一。面积 960 平方公里，户籍人口 29 万 (第六次人口普查数据)。东西最长处达 55 公里，南北相距 42 公里，地势自西南向东北倾斜，大部分地区属冲积平原。东北隔西江与南海区、三水区相望，南与江门鹤山市相邻，西南与云浮市新兴县相连，西北与肇庆高要市接壤，东距佛山市禅城区 47 公里，离广州市 68 公里，西上肇庆市 64 公里，距香港 101 海里，距澳门 74 海里。此外还有华侨及港、澳、台同胞 10 万多人，分布于世界 20 多个国家和地区，是广东的侨乡之一。

　　高明区历史始于汉代。元鼎六年 (前 111 年)，朝廷置兵高明寨 (今明城青玉岗)，因此地地势高阜爽垲，兵寨处于山南水北的高而明亮之地 (明，古义引申为 "阳"，山南水北之地为阳)，故称 "高明寨"。秦属南海郡，汉至西晋为为苍梧郡高要县地。

　　2002 年 12 月 8 日，撤销县级高明市，设立佛山市高明区。以原县级高明市的行政区域为佛山市高明区的行政区域。区人民政府驻文汇路。2003 年 1 月 8 日正式挂牌。

　　高明区有底蕴深厚的人文资源，众多的名胜古迹。域内峰谷交错，山岩重叠，溪河众多。东部有西江岸线 17.48 公里，西部有老香山，南部有佛山第一峰之称的皂幕山，北部有珠三角 "九寨沟" 之称的凌云山，中部有二童观书和鹿洞山，还有大沙水库和深步水库，形成了众多旅游生态文化。

　　高明文化历史光辉灿烂，曾有过 "文风甲端郡" "彦硕辈出" 的美誉，涌现了大批历史文化名人，如明代的 "岭南诗人" 区大相，清代的版刻家、中国第一个华人牧师梁发，现代的象牙微雕刻大师冯公侠，武术家、外科专家夏汉雄，教育家、数学家何衍璇等。高明有优良的革命传统，民主主义革命时期，佛山高明人民在爱国主义革命先驱谭平山、谭天度、谭植棠"三谭"的影响和带领下，进行了可歌可泣的反帝反封建斗争，为中华民族的解放事业做出了重大贡献，因而成为广东省爱国主义教育基地。

"选择高明，高明选择"，这是高明区2003年在各大媒体及交通要道挂出的城市口号。它虽说不是楹联，但言简意明，独具特色，的确产生了过目成诵的美妙效果，其原因就是本口号巧妙地利用了"高明"的双关意义（前一句的"高明"是名词，后一句的"高明"是形容词）与回环往复手法，鲜明地突出了招商引资的目的。

（一）杨梅镇观音寺

杨梅镇是当年佛山市唯一一个获得"广东绿色城镇"称号的镇，拥有佛山市独有的"一山一水一寺一球会"（皂幕山、腾龙峡漂流、观音寺、银海高尔夫会所）等生态资源。

景点简介

杨梅观音寺始建于明朝万历年间，据记载，此前观音寺香火顶旺，不料在抗日期间，1940年遭轰炸而被破坏，1998年广东省宗教部门批准杨梅观音禅寺修复开放，共筹集复建资金8000多万元完成首期工程，包括修建大雄宝殿、观音殿、功德堂、藏经阁、斋堂、钟楼、鼓楼、五观堂、安修堂等建筑，面积10000多平方米。同时修建了进寺牌坊、游客及汽车两条上山大道、停车场等配套设施。其中占地1700平方米的大雄宝殿让人最为惊叹"壮观"，是当时亚洲佛教圣地中占地面积最大的寺院。

楹联例说

1. 寺院大门

教海浩瀚旨在度化凡愚归正道　观心妙法直超顿悟圣智解脱门

这副13字联其实是一副总括式的叙事议论楹联，它向世人解说了该观音寺的作用和意义，赞美了神仙佛祖在"度化凡愚""顿悟圣智"等方面所发挥的重要作用。

2. 多宝圣寿（门廊）

无相无求名多宝

莫执莫著方圣寿

《华严经》上有"三宝"之说：佛为佛宝，文殊为法宝，普贤为僧宝。同时佛教有传，文殊师利菩萨曾说："世尊！心无形相，亦无住处，凡夫行者，最初发心，依何等处？观何等相？"这副联以文殊师利菩萨之说为据，强调欲"多宝"（为对应"圣寿"，此将"三宝"改为"多宝'）须"无相无求"，要长寿，就应做到"莫执莫著"。联中"无""莫"两字的同位反复增强了楹联的表达效果，只是"多宝"与"圣寿"，不符合楹联的平仄要求。

3. 大雄宝殿

①供献三尊七世亲恩从此报　功圆九夏十方檀护悉皆酬

占地 1700 平方米的观音寺大雄宝殿是当年亚洲佛教圣地中占地面积最大的。该建筑按照岭南古寺院建筑风格修建，占地约二百五十亩，以种植松科类植物为主，林木葱郁，空气清新，交通方便。"三尊"，是佛教安置佛像的一种形式。大乘佛教认为，每位如来皆有大量菩萨协侍，以便度化众生，多半造像时会设置两位协侍菩萨以代表之。同时大雄宝殿内也供奉着释迦牟尼佛、药师佛和阿弥陀佛三尊佛像，因此上联曰："供献三尊"。为修复杨梅观音禅寺，当年筹集复建资金 8000 余万元，此举的确名震一时，故下联说"功圆九夏十方"。

②大雄世尊释迦如来入正因地随类应机敷演妙法三百余会九界众生咸归化

无上法王药师弥陀示妙严身垂形感化现威神力七多罗树六道群灵皆利乐

楹联多少字才算长联，至今尚无定论。寺庙楹联中也有一些文字较长的，杨梅观音寺的这副楹联就多达 31 字，显属长联。

上联"九界"，指佛教中十界"佛界"外，从地狱界至菩萨界的九界。即地狱、饿鬼、畜生、修罗、人、天、声闻、缘觉、菩萨。相对于悟觉境涯的佛界，而指迷惑的境涯。

下联的"七多罗树"，即多罗树，梵语为高大之植物，极高者可达 25 米。故譬物体之高大，常谓七多罗树，言其较多罗树高出七倍。如法华经药王品《大九·五三下》："坐七宝之台，上升虚空，高七多罗树"。至于"六道"之说，印度人最崇拜的图腾是法轮，所以佛教以法轮为标志，六道(又名六趣、六凡或六道轮回)是众生轮回之道途。六道可分为三善道和三恶道。三善道为天道、人间道、修罗道；三恶道为畜生道、饿鬼道、地狱道。其中修罗道中的众生福报极大，寿命很长，与天界众生差别不大，所以又被称为"非天"。佛教相信，任何人若遵守五戒，可得六根整然人身。若在五戒上，再加行十善，即可升到天界。

4. 大功德堂

高堂父母鞠养深恩何以报　历代祖宗奉祀思念由此还

这副 11 字联以议论手法强调功德堂是专为儿孙报答父母长辈的养育之恩而设立的，字里行间显露着"知恩图报"的真挚情感。

5. 观音宝殿

观照圆通通宗通教菩提道　音闻自在在人在世菩萨心

这副 11 字联句首嵌字"观音"，以顶针、反复手法赞美观世音菩萨的大恩大德。

上联的"观照"，佛家用语，指静观世界以智慧而照见事理；而"菩提"

一词是梵文 Bodhi 的音译，意思是觉悟、智慧，用以指人忽如睡醒，豁然开悟，突入彻悟途径，顿悟真理，达到超凡脱俗的境界等。

下联的"自在"，指的是观世音菩萨，观世音是鸠摩罗什的旧译，玄奘新译为观自在，中国省略称为观音。观世音菩萨是佛教中慈悲和智慧的象征，无论在大乘佛教还是在民间信仰，都具有极其重要的地位。以观世音菩萨为主导的大慈悲精神，被视为大乘佛教的根本。佛经上说，观世音是过去的正法明如来所现化，他在无量国土中，以菩萨之身到处寻声救苦。观世音与阿弥陀佛有着特殊的关系。他是西方三圣中的一尊，也是一生补处的法身大士，是继承阿弥陀佛位的菩萨，而且还有说观世音就是阿弥陀佛的化身。观世音菩萨具有平等无私的广大悲愿，当众生遇到任何的困难和苦痛，如能至诚称念观世音菩萨，就会得到菩萨的救护。而且，观世音菩萨最能适应众生的要求，对不同的众生，便现化不同的身相，说不同的法门。在佛教的众多菩萨中，观世音菩萨也最为民间所熟知和信仰。在中国的江、浙、闽、粤、台湾，以及南洋华侨中，观音信仰极为普及，可谓"家家阿弥陀，户户观世音"。

6. 上客堂

一杯淡茶未尽真诚表歉意　十方善友何须客气对知音

客堂集外交、内务于一体，事情十分繁杂，其功能相当于如今单位的办公室。所谓"上客"是指高贵的客人，此为谦词。客堂最繁琐的是接待工作。

每天，许多批观光旅游、朝山拜佛的团体和请僧众为亡人做佛事的斋主来到寺院，客堂都要派人接待、导游、办理食宿和佛事手续。外地的云游僧来寺院挂单，客堂即办理挂单事宜。若来者是一位有名气的僧人，则领到客堂的后院"尊客寮"，这里的吃住，都有照客侍候。若是普通僧人，则领到客堂对面的"云水案"，由那里的负责人寮元安排住宿。

7. 钟楼

梵钟一声通天地

妙心芥蒂定乾坤

这副 7 字联写得简洁流畅：上联写"因"，下句叙"果"，因果相连，突出了钟楼的作用及存在意义。

8. 鼓楼

暮鼓晨钟千年梵刹留古韵　　晚霞夕照万里金波映残禅

凤凰卫视著名主持人周瑛琦曾撰文解释说，撞钟敲鼓在古代并不是在寺院里面才有，它还是城市的一种报时的方法，历朝历代都有规定。譬如说汉魏时期是晨鼓暮钟制，早上击鼓鼓气起床，大家要振作起来，晚上敲钟当当当，城门关闭，全城休息。但是到了唐代，这个报时的方法跟汉魏就是反着了，是晨钟暮鼓制，钟响了城门开启，大家开始一天的活动，鼓响了各回各家，老百姓都习以为常。因为成语晨钟暮鼓的关系，很多人以为寺院里面也应该是早上敲钟，晚上击鼓。其实不是的，寺院不分早晚，它都要敲钟也都要击鼓，不同的就是早晨先钟后鼓，然后开始上早课，晚上先鼓后钟，之后就打板，僧众熄灯休息。一些大的寺院里往往都建有单独的钟楼和鼓楼。以前是建在大雄宝殿的两侧，后来慢慢的往前移，开始建在山门进去之后的左右两边，钟楼建在东边，进门的右手位置，鼓楼建在西边，左手的方向。东钟西鼓，取的就是这个晨钟暮鼓之意，因为东边是早晨的太阳升起来的方向，然后往西边落山。换句话说，所谓的晨钟暮鼓是对寺院而言的，其实不是早晚报时的声音，而是钟楼还有鼓楼的方位，它对应的是唐代的钟鼓制，而唐代正是中国佛教大发展的一个非常重要时期。

这副 11 字联叙事状物和议论抒情都显得简洁流畅、形象生动，意境十分优美，但字里行间略带些许伤感色彩。

（二）明城深水村

明城地处高明中部，辖区总面积 186 平方公里。下辖 1 个社区居委会和 11 个村委会，共 150 个村民小组，总人口 6.2 万人，其中户籍人口约 4.4 万人，旅外华侨港澳同胞达 1 万多人，是广东省著名侨乡。明城镇始建于公元 1475

年，历史传统文化底蕴深厚，是革命历史人物"三谭"（谭平山、谭植棠、谭天度）的故乡。

村况简介

深水村属于明城镇罗稳村委会，位于高明区西部，地处珠江三角洲城镇群东西两翼交汇的中轴位置。北接肇庆高要，南邻江门鹤山，西连云浮新兴。从旁经过的广明高速和村前的高明大道是连接全国各地的重要通道。濒临的高明河可从水路西连新兴，东入西江，并与南粤贯通。深水村可谓地处要塞，陆路、水路四通八达，交通格局十分独特。

深水村坐西北向东南，常年绿草如茵，青山如被，翠竹环村，果树环绕，鸟语花香。村子四周环山，山多古树奇峰、溪流飞瀑，犹如世外桃源，景色极美。

据资料记载，深水村古民居建筑群始建于清代光绪年间，座西北向东南。民居共分三排，巷道纵向宽度约2米、横向宽度约3米。原每排有5间，共15间，现存13间。每间均三间两廊结构，面宽10.4米，进深11米。

2006年，佛山市人民政府将深水古民居群列为佛山市文物保护单位。自此，深水古民居群得到了有效保护。

楹联例说

1. 村史室（松涛书院）

兰亭诗序千秋画
莹阁文章万古书

"兰亭诗序"即《兰亭集序》又名《兰亭宴集序》《兰亭序》《临河序》《禊序》和《禊贴》。东晋穆帝永和九年（公元353年）三月三日，王羲之与谢安、孙绰等四十一位达官显贵，在山阴（今浙江绍兴）兰亭"修禊"，会上每人做诗，王羲之为他们的诗写序文的手稿。《兰亭序》中记叙兰亭周围山水之美和聚

会的欢乐之情，抒发了作者对于生死无常的感慨。

由于深水村交通格局独特、自然风景优美，自古就是一个读书就学的好地方。松涛书院当年是一间学堂和三间书屋，来此读书的学子颇多，因此深水村也曾先后出过不少能人专才。

据资料记载和村里老一辈口述，深水村曾出过两名进士：一名是三元及第举人（名字暂未考得），有官帽、官服、官服箱等（官帽、官服失传，只存有藤箱、官服箱），另一名

现已失考，只有老一辈人代代口传而已（据说两人均在当年的肇庆端州府做过官）。还有革命英雄李氏兄弟：在革命时期，李氏兄弟在村内建立通讯站，以开杂货店为名，实为游击队收发情报，后随大队西去广西，继续战斗在隐秘战线。解放初，李氏兄弟公开身份参加解放战争，之后积极参加土改工作。第三是一代豪商李潮左——李潮左是地地道道的深水村人。1915年左右，他先后在肇庆、鹤山、广州等地经商，开始发迹。后回到故里，利用附近高明新圩得天独厚的地缘资源和四通八达的交通条件以及其依傍的沧江河便利的水路优势，努力开发商铺市场、发展商埠业、造船业和运输业。后来在高明的粤来岛建立广明粤来岛造船运输公司，主要经营造船业（造客船、货船）和运输业（包括客运与货运）。

这副7字楹联写得优雅简洁，内容和形式搭配完美。单从形式上看，无非文人雅士写诗作画，留得英名永存云云，但从深层次上看，如果没有深水

村的重教崇文、地灵人杰，那么又哪来的能人专才呢？

乙. 孔子像

温良恭俭让　仁义礼智信

关于"温良恭俭让"和"仁义礼智信"的解释，说来话长。

"温"，《论语·学而篇》说：有一次，陈亢问孔子的学生端木赐："孔夫子每到一个国家，总能了解到那里的政事，是他老人家去求来的呢，还是别人主动地告诉他的呢？"端木赐告诉他说："是他老人家用温良恭俭让的态度取得的，这种获得知识的方法与别人不同吧？"这就是人们常说的"温良恭俭让"的由来。"温，谓颜色和也"，也就是指对人的态度温和。"良"，古人对"良"的理解是侧重于思想品质方面的，认为"良"是善良、美好、高尚、仁义、忠诚等的标志。"恭"，在现代汉语中，逐渐和"敬"字趋于一致，"恭"和"敬"成了同义字，"恭敬"两个字，自然也就形成了稳固的词组。"恭敬"一词除了包含"恭"所固有的态度端庄、对人谦和等意思之外，则更着重表现为对他人特别是对长者的尊敬。"俭"是中华民族的传统美德。几千年来，勤劳纯朴的中国人民不仅以刻苦耐劳著称于世，而且以勤俭持家誉满世界民族之林。纵观历史，大凡有识之士，清廉官吏，皆"性不喜华糜"，而"以俭素为美"。俭，作为一种美德，只属于情操高尚、纯洁无邪的人，它与那些整天追求纸醉金迷、荒淫糜荡生活的人是毫无缘分的，因为一个人如果一味追求奢侈，便欲壑难填。"让"，翻开《辞海》，"让"字含有退让、谦让、辞让的意思，注释还引用了古人的一句话："厚人自薄谓之让。"可见，"让"字里面包含着讲文明，讲礼貌，讲团结，讲道德，克己为人，顾全大局等丰富内容。

孔子曾将"智仁勇"称为"三达德"，又将"仁义礼"组成一个系统，曰："仁者人（爱人）也，亲亲为大；义者宜也，尊贤为大；亲亲之杀，尊贤之等，礼所生焉。" 仁以爱人为核心，义以尊贤为核心，礼就是对仁和义的具体规定。孟子在仁义礼之外加入"智"，构成四德或四端，董仲舒又加入"信"，并将仁义礼智信说成是与天地长久的经常法则"常道"，号"五常"，曰："仁义礼智信五常之道"《贤良对策》。

何谓"仁"？仁者，仁义也，指在与另一个人相处时，能做到融洽和谐，即为仁。儒家重仁，仁者，爱人也。简言之，能爱人即为仁。何谓"义"？义者，人字出头，加一点，在别人有难时出手出头，帮人一把，即为义。何谓"礼"？礼者，示人以曲也。己弯腰则人高，对他人即为有礼。因此敬人即为礼。何谓"智"？智者，知道日常的东西。把平时生活中的东西琢磨透了，就叫智。何谓"信"？信者，人言也。远古时没有纸，经验技能均靠言传身教。那时的人纯真朴素，没有那么多花花肠子，故而真实可靠。别人用生命或鲜血换来的对周围世界的认识，不信是要吃亏的。以此估计，信者，实为人类之言，是人类从普遍经验中总结出来的东西，当然不会骗人。

撰联者联巧妙地将"温良恭俭让"和"仁义礼智信"作为楹联贴附于孔子圣像之侧，用心良苦：形式上基本符合楹联规则要求（只是下句结字"信"属仄声韵），内容上侧面点明深水村平常百姓当年注重道德礼仪，崇德尚文，因而声名远播。据说该村就有人写了一首诗，诗曰："池塘四五尺深水，楹外三两丛鲜花；过客何须曾借问，读书深处是吾家"。

（三）富湾陆（榴）家村

村况简介

富湾陆（榴）家村位于荷城街道照明居委会，原名刘村、榴淳村，距离高明中心区荷城约 20 公里。

宋景德元年 (1004 年，宋真宗年间) 至明永乐年间，刘姓 (后迁走)、陆姓、谭姓先后迁入，村民从刘村改为榴淳，取"榴""刘"同音，"淳"寓纯朴敦厚之意，后简化成今名。

2008 年，高明区文物普查人员多次深入陆家村进行勘查，确认古屋始建于明代，属镬耳封火山墙、龙船脊风格，式样统一，每座均为三间两廊，坐北向南。该古村落历史悠久，民居群庞大，建筑风格独特，建筑艺术精细，

保存完好，对研究高明古村落
建筑艺术及开发旅游业有一定
价值。

楹联例说

1. 陆氏大宗祠

鹅湖世泽　锦石家风

在陆氏大宗祠的门口左侧，
竖立着一块石碑，那是为钦点
礼部主事的进士陆炳然所立。
榴村陆家现有户籍人口 290 多
人，在高明属于中等偏小村落。
然而，除陆炳然外，在陆家 600
多年的历史中，还涌现了不少
名人。据《榴村陆氏族谱》和
榴村《君佐房家谱》记载，陆家族人勤俭孝悌，诗礼传家，秉承"鹅湖世泽，
锦石家风"的祖训，人才辈出，明清两代取得较大功名的人就有 30 多位。如
陆光裕，明朝万历 34 年到清顺治年间人，中天启元年辛酉科广西乡试十五名
举人，初授湖广衡阳县知县，特升户部陕西司主事，承德郎勅赠奉议大夫。
陆本仁，清康熙十八年到乾隆年间人，中雍正丙午科广西乡试第六名举人，
丙辰明通进士，初任梧州府岑溪县儒学教谕，升桂林府儒学教授郎选知县。

2017 年 8 月，佛山日报记者谢碧莹、实习生何瑞玉在采访陆家村后，对
此副楹联作了解释："鹅湖世泽；锦石家风"讲的是陆氏的两大典故。上句"鹅
湖世泽"说的是南宋朱熹与陆九渊在鹅湖论辩之事，即著名的鹅湖之会，后
被皇上赐额文宗书院；下句"锦石家风"的典故是，汉朝时赵佗乘乱自称为帝，
陆贾奉命使赵佗归汉，后赵佗果然去帝号，陆贾以锦绣裹山石，以酬山神。
从此后，这两个典故就成为了陆家村崇文爱国的祖训。

"世泽"，祖先的遗泽。主要指道德、文化、财产等。语本《孟子·离

娄下》："君子之泽，五世而斩"。"世"一个时代，有时指很多年代或好几辈子。"泽"（澤）音 zé，粤方言读为仄声韵，水积聚的地方。在楹联中，"泽"可理解为动词：润泽（潮湿）。例如："绵世泽不如为善，振家业还是读书"（意为：延续祖先的恩惠，要靠行善；振兴家族大业，必须读书）。"家风"，即一个家庭或家族长期以来形成的能影响家庭成员精神、品德及行为的一种传统风尚和德行传承。

此联奇特之处就在于：从表面上看，"鹅湖世泽；锦石家风"与陆氏家族毫无关联，甚至有点风马牛不相及的感觉，但只要深入了解历史，再联系陆氏的崇拜与信仰，你才能真正理解它的含义和精髓。

2. 谭家村

厨师精焖品几味　宾客光临饮多杯

在陆家村，谭姓为小姓，谭家村位于村子西侧，这副 7 字联应为婚庆喜事楹联，意为：厨师手艺高超，能做出煎炖焖炒烹饪的几种美味可口的佳肴，尊敬的各位客人光临（我们倍感荣幸），请你们尽量多喝几杯！

全联以粤方言口语写成，上联赞美厨师手艺高超，下联表叙主人真挚热情。可以想见，如果不是地道广东籍并使用粤方言的人，是难以写出如此工整简练的婚庆楹联的。

后　记

　　今《佛山名胜古村楹联说》得于付梓，编著者甚感欣慰，衷心感谢佛山市文化广电新闻出版局的大力扶持和禅城区文体旅游局、禅城区文化馆的热情支持与帮助；感谢何百源老师于百忙之中为之作序；还要感谢诗人冷先桥和作家晓雷的热情支持与帮助；最后感谢学生麦宽英等的大力支持。如果没有他们的协作、支持与帮助，本书付梓乃不知何时。

　　早在数年前，本人即有编写"佛山楹联"的冲动———

　　那是在游览禅城祖庙和顺德清晖园等著名景点期间，我既被景点文物古迹所吸引，又为景点建筑物上林林总总的楹联作品所感染……

　　但后来经了解，佛山五区中，有的早已付诸行动（如南海），有的虽暂无行动，但也有了同类计划……

　　当然，本人并未因此而作罢。理由是：他人的楹联书籍和计划，或仅限于本区本镇，或仅"集"未"注"，或有"文"无"图"，或有"联"无"史"等等，这就给本书的编写留下了一定的空间和机遇。

　　在零零碎碎搜录景点楹联的基础上，自2014年起，本人就有计划有目的地开始了佛山五区重点名胜古迹（古村）的游览考察和楹联的搜集整理与编写工作。

　　在前后近三年的时间里，为了真实反映佛山重点名胜古迹（古村）楹联的实际，我对书中所列景点和古村倾注了一腔热情，先后游览与考察了两次以上，甚至为了考证某一字词而往返多达四至五次（例如禅城祖庙、梁园和南风古灶、南海西樵山和九江吴家大院、南庄紫南村头村、罗南隆庆村等）。从我居住地到各景点、古村，最近的单程3至5公里，中远程的单程20至30公里，最远的单程可达60至70公里以上（例如顺德杏坛逢简村、南海里水汤南村、三水长岐村、高明深水村等）。游览考察时，有时开电动单车，有时乘坐公交车,有时自己开私家小车。乘公交时,中远程距离的,单程少则耗时 1 至 2 小时,多的甚至长达 3 至 4 小时。有的景点古村难以寻找,即使使用导航,也让你开小汽车东兜西转了三四圈……如此这般,总行程达数千公里。

在编写过程中,景点拍摄抓时机、相机电脑转图片、分条列项谋篇布局、恰如其分分解注释、上网查找资料、查阅字典、编辑图片、插图排版等,个中滋味,一言难尽。好在得到家人的鼎力支持和朋友邹小江的技术指导,才致此项"工程"顺利完工。

如今"心愿已了",但回味已走过的编写历程,甜酸苦辣皆在其中。今借佛山梁园中的一联聊表自慰:得失塞翁马,襟怀孺子牛。

谭　峰

2018 年 6 月

图书在版编目 (CIP) 数据

佛山名胜古村楹联说／谭峰编著 . —北京：
研究出版社，2019.1

ISBN 978-7-5199-0513-2

Ⅰ . ①佛… Ⅱ . ①谭… Ⅲ . ①对联—文化研究—佛山
Ⅳ . ① I207.6

中国版本图书馆 CIP 数据核字（2019）第 019563 号

出 品 人：赵卜慧
责任编辑：张　琨
策划编辑：黄丰文

佛山名胜古村楹联说
FOSHAN MINGSHENG GUCUN YINGLIAN SHUO

编　　著：谭　峰
出版发行：研究出版社
地　　址：北京市朝阳区安定门外安华里 504 号 A 座 （100011）
电　　话：010-64217619 64217612（发行中心）
网　　址：www.yanjiuchubanshe.com
经　　销：新华书店
印　　刷：廊坊市长岭印务有限公司
版　　次：2019 年 1 月第 1 版　2019 年 8 月第 1 次印刷
开　　本：710 毫米 ×1000 毫米　1/16
印　　张：15 印张
字　　数：240 千字
书　　号：ISBN 978-7-5199-0513-2
定　　价：58.00 元